U0112750

与大江为邻

南帆 著

海峡出版发行集团
海峡文艺出版社

图书在版编目(CIP)数据

与大江为邻/南帆著. —福州:海峡文艺出版社,
2024.6
ISBN 978-7-5550-3530-5

Ⅰ.①与… Ⅱ.①南… Ⅲ.①散文集—中国—当
代 Ⅳ.①I267

中国国家版本馆 CIP 数据核字(2023)第 216921 号

与大江为邻

南 帆 著

出 版 人	林 滨
责任编辑	郑咏枫
出版发行	海峡文艺出版社
社 址	福州市东水路 76 号 14 层
发 行 部	0591－87536797
印 刷	福建东南彩色印刷有限公司
厂 址	福州市金山浦上工业区冠浦路 144 号
开 本	787 毫米×1092 毫米 1/32
字 数	72 千字
印 张	7.625
版 次	2024 年 6 月第 1 版
印 次	2024 年 6 月第 1 次印刷
书 号	ISBN 978-7-5550-3530-5
定 价	68.00 元

如发现印装质量问题,请寄承印厂调换

目 录

与　　大　　江　　为　　邻

一、窗里的江流

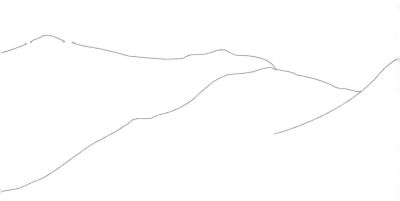

一、窗里的江流

1

大约距离一百米左右，一条大江缓缓流动。我的寓所在十一层楼，每一个窗口都能见到这条江。即使俯首看书、写字或者下围棋，我也知道这条江正从窗外路过。

卧室里的床铺与江流的方向相同。睡下之前偶尔会想到，这条江还未入眠吧。江水仍然在黝黑的夜里静静地奔波，微弱的水光不时闪动一下。一天夜里突然记起一句诗："夜长人自起，星月满空江。"我把窗帘拉开一条缝往外看，附近的一座桥上出现事故，桥上堵满了汽车，桥面长长的一串红色的汽车尾灯。

另一个深夜我又拉开窗帘，江水寂然无

声，几枚路灯摇摇晃晃地倒映在清冷的江面，没有月亮。

这条大江自古称为"闽江"。这儿的人形象地解释"闽"为"门里一条虫"。虫者，蛇也。蛇是闽地的古老图腾。虫只有破门而出，才能成为龙。"闽江"仿佛理所当然蜷曲在"门里"。《山海经》记载"闽在海中，其西北有山。"西北有山指的是武夷山吗？闽江发源于福建北部的武夷山，曲折南下，穿过福州注入东海，全程分布于闽地。

2

中国地图上，弯弯曲曲的长江横穿偌大一片区域，水系发达，盘旋起伏；可是，相同版本的地图几乎找不到闽江——短短的一小段。长江全长六千三百多公里，闽江不到六百公里。那一年到了青海的西宁。我询问当地的主人，空余的一天能否到长江的发源地唐古拉山脉看一看？主人回答说，西宁到唐古拉山还远得很。他的眼神让我意识到这是一个多么愚蠢的要求。长江分布于中国的许多地方，仿佛一支无所不在的部队。刚刚告别四川的长江，乘坐飞机翱翔于云端，降落之后一转身又会遇到湖北的长江或者江苏的长江。没有人可以想象，在长江发源地坐上一条木船，经过漫长的航行从上海的崇明岛出海。然而，不到六百公里的闽江存在这种可能。一条木船就可以穿透全部行程——闽江两岸沿途的地名不过是几个小小的县城。当年流行的一句老话是"铜延平，铁邵武，纸褙福州城"。延平府与邵武府均是闽江上游的重镇，地势险要，铜墙铁壁，易守难攻，邵武至今仍然遗存一截青苔斑驳的古城墙。过了延平与邵武，江流平缓一些，行船的速度慢了下来，悠然进入福州。昔日古老的福州城多为木板楼房，木器行业发达，风高物燥的季节，一把火会烧掉半条街，这大约是"纸褙福州城"之说的来历。事实上，许多木船就是从武夷山区驶到福州，运载的是茶叶、瓷器、纸张或者木材。当年的福州是对外商贸易的集散地。码头附近商铺云集，熙来攘往，漫街形形色色的广告招牌。靠近江岸停泊长长的一排货船，林立的桅杆随着波浪轻微晃动。

好吧，还是将地图的故事还给地图，历

史传说留在昨天——寓所十一层楼的窗口察觉不到闽江与长江存在多少差别。窗口的下游江面开阔，水天一色，一座吊索大桥的剪影隐在江面的轻烟之中；窗下的水流从容自信，不疾不徐；码头的吊车伸出长长的铁臂，几艘满载的货船轰鸣着驶过；两只飞翔的白鹭忽上忽下地搜索江面，江流之下的一队鱼群找到了合适的产卵之地……弱水三千，只取一瓢饮，六百公里的水量已经绰绰有余。

3

夏日清晨的太阳升起来了。江滨的楼房一幢一幢地被阳光照亮。楼房的东面开始闪烁，西面隐在深深的阴影里。三幢楼房玻璃幕墙的反光耀眼地投射到江心，江面如同燃起三支猛烈的火炬。沿江两岸并排铺开的树木近似女人裙裾上的滚边；阳光斜射，一棵榕树的树叶闪闪发亮，像是突然开了一树的繁花。江岸的石栏杆、灯柱、茅草、滩涂、石块垒的小堤坝依次被照亮。一只白鹭飞过江面，阳光里又白又亮的一团。

阳光打在江面上，波光粼粼的江水一块明一块暗，如同一条蜿蜒的巨龙身上层层叠叠的鳞片。江面突然出现了三圈跳荡的斑点，彼此相距八九米，构成一个三角形向前移动，圈子的中央仿佛有什么涌出来。开始以为是三个晨泳者，可是，圈子中央没有人。三圈跳荡的斑点愈来愈近，然后瞬间消失。什么也没有，江面平静如初。阳光下的小小幻影吗？

　　清晨的某一个时刻，阳光掠过江面上方投射到对岸一座山峰的山顶，山顶上一幢白色的小楼突然耀眼地闪现，如同宣谕某种神秘的启示。几分钟后，阳光开始移动，白色的小楼迅速隐没，山顶恢复了郁郁葱葱的轮廓。

4

　　每天早晨，我用力拉开窗帘，哗的一声。然后，一条大江调皮地跳到窗框之上。阳光灼亮，江流闪闪发光。我松一口气。

　　拉开窗帘之前，我时常浮出一个奇怪念头：一夜之间，这条大江会不会突然消失了？拉窗帘的动作常常用力过度，夸张仿佛是在掩盖内心惊慌。当然，大江始终在那儿，不疾不徐地流动，开天辟地以来就是如此。想多了——窗前的水流纹路之中隐藏着嘲笑。

可是，有时我从窗口看到了大江的另一副面貌：江流狭窄，水流迟缓，江边一片一片滩涂裸露在那里。我想到了一张乱糟糟的床铺，主人公还酣睡不醒。太懒了吧？江边大榕树下一个晨练的老者正在试图唤醒这条大江。他的方式是用力拍打自己的臀部发出巨响。啪——啪——啪。从十一层楼的窗口看下去，老者发出的声音与动作并不同步。他已经开始做第二个动作了，第一个动作的声音才传上来。大江什么时候起床？

我每天拉开窗帘的时间相差无几，为什

么看到了如此不同的江流？

5

闽江曾经在福建北部的一片崇山峻岭千回百转。绕开无数山峰的包围，矢志不移地闯出一条路线，坚定地奔赴大海。所以，刚刚从窗口看到江水倒流的时候，我几乎无法相信自己的眼睛。眯起眼睛盯住水流之中的一绺树枝，漂浮在岸边的一块木板，是的——它们正在往回走，似乎都想返回山里。这是真的吗？

我听到的解释是，大海涨潮形成的倒灌。这儿到闽江出海口大约四五十公里，海水涨潮的压力迫使江水倒流。待到大海疲惫地退潮，江流即会恢复正常。涨潮与退潮每天两次，间隔大约十二小时。

我不太喜欢这种解释，自作主张地换上一个稍稍有些悲伤的构思：这条大江即将远嫁，临行之前，它恋恋不舍地回头，重新看一看四周的山川草木，然后慨然出海，一去不返。

另一种想象要求数学计算支持。

滔滔江水奔趋大海，每秒若干米的流速；江水倒流的时候，流速必须稍稍减小。站在窗前目测，我无法看出两种流速之间的差距。尽管如此，前者大于后者是必要的逻辑前提。否则，上游涌来的江水始终无法抵达大海，而是如同钟摆一般均匀地来来回回。当然，前者大于后者是计算的结果，江水的真实行程可能进两步再后退一步。如果上游冲下来的一棵树从江面漂过，这棵树或许要在我的窗前徘徊好几次才能抵达出海口。

当然，我从未见过漂浮于江面的哪一棵树徘徊在我的窗前。尽管如此，我仍然坚持认为，一个复杂的数学计算公式隐藏于涨潮与退潮的江流内部。

6

涨潮与退潮的交替之际，江水几乎完全静止，为时一刻钟左右。一次是退潮到最低点的时候，另一次当然是满潮的时候。每日两次。

江水顺流则下，越来越慢，终于停住了。浮在江面的一簇树枝、一片木板、一块泡沫寂然不动，一切仿佛都在魔咒之中睡着了。这是江面最为狭窄的时候，两岸的滩涂完全显露出来。片刻之后，上游与下游的水流角力分出了胜负，树枝、木板、泡沫开始往回走。满潮的时候江面最为开阔。每隔十二小时周而复始。

　　江水完全静止的时候，窗外如同一个湖泊。两岸的楼房沐浴在阳光里，然后完整清晰地倒映在水中，楼房的长长影子不再像水波之中一绺一绺弯曲飘拂的水草。如同压在玻璃框下面的照片，水面的万物凝固无声。那儿构造了另一个世界，有自己的天空、街道和住户，只不过所有的景象恰恰是我们身边世界的颠倒。

7

大海的涨潮隐藏了一种不可抗拒的伟力。一条白浪从遥远的海平面涌来，"哗"地扑到海滩上。一阵又一阵，可以察觉大海持续不断的鼓胀。大海的退潮只是暂时出让一些海滩，稍稍歇一口气，然后一切重新开始。涨潮，涨潮。可是，我为什么久久不能适应这个秘密？——不能适应一条江每日两度的涨潮和退潮。

涨潮的时候，满满当当的一江春水，晃一晃仿佛就要溢出来。薄薄的烟雾笼罩在宽阔的江面，各种型号往返的船只，两岸影影绰绰的倒影，黄色的航标灯灯光闪烁，江涛有力地拍击岸边的基石，如此等等。退潮之际，一切都成了另一副模样。江面似乎收缩了三分之一，有气无力的，就要衰减成一条河了。水位下降到底，许多难看的景象暴露出来了。通常沉浸于江水之中的那一部分桥墩升到水面之上，大半截涂满了青苔和淤泥，钉在桥墩上的那一根测量水位的标尺甚至够不到水面；黄色的航标灯灯杆直接插在泥土里，一些小碎石潦草地堆在底部；几条小舢板无奈地晾在滩涂上，等待下一次涨潮的拯救。

　　江水退潮之后，对岸的江边裸露出一道小碎石垒成的围堰，高度不会超过一尺。围堰里面是一大片凹凸不平的滩涂，断断续续的低矮树丛露出了水下的那一部分。偶尔有几个人到滩涂上拣些贝壳类的玩意。更远的滩涂上还有几个黑点。我久久地盯住，黑点丝毫没有动静，我猜测那是几棵弯曲的小树而不是捉螃蟹的人。不知为什么，这片滩涂总是让我想到了牙龈。牙龈是口腔的重要组成部分，然而，牙龈又有什么必要呈现于光天化日之下？

真正喜欢江边滩涂的是白鹭。

8

江上的白鹭愈来愈多了。

清晨，白鹭从寓所背后呼啦啦地飞出来，兴高采烈地栖息在对岸的滩涂上觅食。江水退潮，滩涂上许多小鱼、小虾、小蟹滞留在泥水里，成为白鹭的早餐。我在阳台上只能看清那一只调皮地歇在江心航标灯顶上的白鹭，对岸滩涂上仅仅一排白点。过了一会，可以察觉那些白点的排列似乎出现了变化。我想，那肯定是白鹭的队阵了。有一回居然发现，几只白鹭轻松地站在水面上，仿佛列队出操。它们为什么不会下沉？想了一会终于明白，上涨的江水刚刚漫过那一道围堰，白鹭的双足踏在水中的围堰上。

　　有些白鹭降落在滩涂之前会在江面盘旋一阵。或许，它们在享受一缕一缕的阳光与柔和的江风。白鹭喜欢成群结队地飞翔在江面之上，忽高忽低地绕圈子。江边树上的那些麻雀似乎没有这种闲情。几只麻雀如同子弹从一棵树扑向另一棵树，坚定而干脆。白鹭与麻雀大约互相瞧不上眼。

　　到了傍晚，白鹭又会呼啦啦地飞过江面

返回。我站到后窗观察，返回的白鹭隐入路边两棵树的树冠之中。站在十一层楼望去，人行道上排列的树冠起伏错落。只有两个树冠上落满了白鹭，如同两个花白头发的老者不合时宜地插到年轻人之间。人行道的树下是一排批发各种灯具的店铺。一天傍晚，我到灯具店买一盏灯。走出店门的时候，突然发现众多白鹭就歇息在对面的两棵树上。两棵树并没有多高，隐在树枝里的众多白鹭仿佛压得整个树冠往下沉。两棵树上叽里咕噜吵成一片。白鹭的叫声低沉，不怎么好听。走出一段路，我觉得那些白鹭仿佛在身后说：我们自家人谈话，好听不好听关你什么事！

9

与邻居聊天时发现，他们也在关注白鹭的动向。邻居在后窗架起一台相机，每日拍摄白鹭的起居。他们观察到白鹭的作息时间是，早晨四点多就飞出来了，晚上七点之前回到树上。根据精确的计算，两棵树上栖息了四十六只白鹭，三十九只是纯白的，七只带有灰斑。

一天傍晚，我和太太搞到一台无人机，打算从空中近距离拍摄白鹭栖息的两棵树，验证邻居提供的白鹭数目，顺便窥视它们的居家方式。来到灯具店旁边的时候意外发现，马路对面的树上寂然无声，一只白鹭也没有了。疑惑之间，突然见到树下的阴影里坐着一个核酸检测工作人员。他身穿一套白色防护服，俗称"大白"，看起来如同一只硕大的白鹭。他也疑惑地看着我们，以为我们是来做核酸检测的。

我猜或许是"大白"吓走了白鹭。哪儿来的这么一个大家伙？"大白"的体积超过了十只白鹭的总和，四十六只白鹭连忙拖家带口一起迁走了。然而，这几天发现，白鹭又迁回那两棵树了。不知它们躲在哪儿观察了一段时间，没有察觉致命的威胁就解除警报返回家园。白鹭肯定已经弄清楚，树下那个"大白"飞不起来，不会到树上抢占它们的寓所。

10

这是滩涂上一个微小的区域，一平方米左右吧。一只白鹭神闲气定地站在那里，守着畏缩地躲入灌木丛的几只小螃蟹或者一条小鳝鱼，偶尔还斜了斜脑袋调整视角。它丝毫不急，相信这些自以为得计的小东西无法逃脱自己的利喙。

这只白鹭背江而立。它不知道身后的一派大水已经奔波数百公里，泥沙俱下，驰而不息，坚定地奔赴远在天边的大海。当然，知道又如何——它不再考虑重新飞越千山万水，再去看一看奔涌的大海和海边湿地。

或许白鹭明白，两个小时之后，它站立的这一块小滩涂将被江里上涨的潮水淹没，小螃蟹或者小鳝鱼随之无影无踪。可是，它不在乎。那个时候，它会飞到另一块滩涂，或者干脆返回树上。天地之大，这只白鹭仅仅关心眼前一小块藏有小螃蟹或者小鳝鱼的滩涂。它的飞翔懒洋洋的，仿佛流露出"管他冬夏与春秋"的意味。

这只白鹭每天与大江相遇。近在咫尺，然而，双方彼此无感。

11

窗外一阵强悍的轰鸣，渐行渐远，忽儿又转回来，玻璃仿佛都有些颤动。江里的船只不至于如此高亢。我伸头一看，一架直升飞机正从楼宇上方飞过。直升飞机很快远去，剩下一个小黑点，让人想到一只远去的白鹭。当然，白鹭飞翔通常形成各种弧线，上下盘旋；直升飞机的飞行坚定笔直，一往无前，制造的声波一阵阵不屈不挠地涌来。

大约下午到傍晚，直升飞机时常到这一带逛一逛。夕阳西落，晚霞如同烧透的木炭，机身的前半部分红光闪闪。是来巡江的吗？我后来发现，直升飞机仅仅沿着江流飞行一段就转到他处，过了十多分钟又转回来，有时竟然往返多次。有一次飞得很低，似乎流露出要降落在江面的意思，一大片江水正在巨大的轰鸣之中痛苦地皱起脸来。如同白鹭那样找到什么猎物了吗？我开始捉摸的时候，直升飞机迅速升高，一错身疾速飞走了。

12

直升飞机的俯瞰之中，江流大约仅仅是蜿蜒的一线。我习惯的是十一层窗口的江流：缓慢的移动，漂过一片小小的木板，一根半截露出水面的树枝，江水之中两道紊流交汇制造出一个短暂的漩涡，滩涂旁边一丛一丛的灌木，两盏漆成黄色的小小航标灯，那一座桥与桥墩制造的阴影方块，几只贴着江面飞过的白鹭，如此等等。这些景象每天重复。

寓所的附近许多高楼。那一天登上一幢银行的四十层大楼，我惊讶地发现，四十层的江流与十一层的江流完全不同。四周一片错落的楼房和纵横的马路、立交桥；下班时分，马路上一串一串的车辆蚂蚁一般移动，焦灼的喇叭声偶尔会蹿上来。然而，四十层落地窗下碧绿的江水仿佛纹丝不动，江岸轮廓清晰如刀裁；抬眼远望，碧绿的江流不动声色地从楼房、马路和立交桥之间从容穿过，不知来处，不知去处，对于周围这个喧嚣的世俗世界毫无兴趣。

二、北岸的夜晚

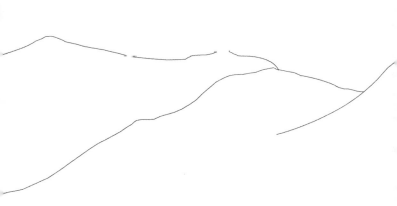

二、北岸的夜晚

1

我的寓所在闽江北岸。寓所的窗台宽不足一尺。预订了一个垫子，恰好嵌入。搁上两三个靠枕，铺成一张躺椅。手中一册闲书，眼睛疲倦了便转过头看一看窗外的江流。什么时候有些困了，把书一扔瞌睡一阵。简单的快乐。

靠窗横着摆放一张茶台，茶台背后一把木制的靠背椅正对着江的上游。泡好一壶茶抬起眼来，一条大江蜿蜒而来，确实有江流入怀之感。清风拂面，从容喝一盏来自武夷山的岩茶。茶壶之中隐藏一段山水之约。粗糙的茶台倒是有些讲究，老船木做的。前些年修建一条公路，那个地方原先是闽江的支流，后来渐渐淤塞。清除淤泥的时候，发现了埋在淤泥之下的一批沉船。我无法评估这一批沉船的年代，当年郑和下西洋的时候，那儿也是一个造船的基地。沉船已经散了架，木料被拆下来制作各种款式拙朴的桌椅。这些木料凹凸不平，纹路粗犷，一些地方几块焦黑的印记，另一些地方留下了各种孔洞，粗粗拉拉的部位不小心会扎了手掌。我觉得这些老船木不太像伪造的，茶台比通常木料制作的要重好几倍。当然，价格也贵出一些。

泡一壶茶犹如泡一壶感叹。岁月如流，逝者如斯。窗下长流水，窗内白头人。苏东坡诗文传颂天下，大师魂归何处？他的《前赤壁赋》仿佛三言两语道尽了古人的所有感慨。清风徐来，水波不兴，乐而生悲——客曰：寄蜉蝣于天地，渺沧海之一粟，哀吾生之须臾，羡长江之无穷；于是，苏东坡的回复说出了亘古的哲理：且夫天地之间，物各有主，苟非吾之所有，虽一毫而莫取。惟江上之清风，与山间之明月，耳得之而为声，目遇之而成色，取之无禁，用之不竭。我相信没有人可以说得更有意思了。我与这一条江竟日隔窗相对，从未想象江水可以成为屋内之物，但是，江水也从未失约，以至于哪一天不曾谋面。

尽管如此，我似乎更喜欢苏东坡的《后赤壁赋》。道士化身为孤鹤戛然长鸣，掠舟而过，回头又到苏东坡的梦中敲一敲门，多么奇妙。

2

入夜，沿江两岸的众多楼房用灯光装点起来。一些楼房的边缘缀上一圈灯光，勾勒出楼房的轮廓。几幢错落的楼房通体放射出荧光蓝，并排矗立在江边，如同梦幻。还有几幢楼房的玻璃幕墙映现出飞鸟、花朵、名人的脸，或者商业广告，这些物象的插入突然破坏了梦幻的气氛。装饰性的荧光蓝持续到半夜熄灭，夜幕之中的大楼疲惫地结束了表演——这时，只有一些楼层闪烁着稀稀落落的日常灯光。

厚厚的墙壁是分隔空间的传统界限：寓所，城堡，山坡上长长的城墙乃至国界。我们身居墙壁的这一边，风沙雨雪或者豺狼虎豹阻拦在墙壁的那一边。现在，变幻莫测的灯光造就了另一个空间，一个哲学家称之为"景观社会"。"景观社会"依循种种灯光形成的分割。沿江两岸一条斑斓的灯带。我们不知道自己置身于灯光的空间内部还是外部。某一个时刻，一个穿着工装的电工伸出一根手指拨弄一下镶在墙上的电闸，这个空间可能突然消失、隐没，古老的旷野会突如其来地返回。

江里影影绰绰的水流尽职地放映这条斑斓的灯带，谦恭而严谨。待到装点楼房的灯光撤退后，江水如同埋伏在野地里的部队一跃而起，重新上路。每天如此，江水从未感到疲劳。

某一天半夜，由于操控系统的故障，所

有楼房的装点灯光俱已熄灭，只有一幢笔直的高楼始终放射出幽幽的荧光蓝。这一幢高楼如同一个无法谢幕的演员尴尬地伫立在舞台上，黑暗的剧院已经空无一人。幸好江水仍然不离不弃地陪伴。江流之中一缕摇摇晃晃的蓝光仍然表示，这个世界还没有完全睡着。

3

我突然意识到一个问题：将滔滔江水比拟为一支部队是否合适？部队是由一个又一个士兵组成，如同江水之中的无数浪花。然而，每一个士兵均为独特的人物，是独一无二的个体，拥有自己的历史和家庭；浪花仅仅是临时性结构，一朵浪花仅仅存在片刻。

没有人辨认得出一朵固定的浪花，如同辨认一个人或者一棵树。它们瞬间就会解体，立即与其他浪花交叠重组，变换出另外的阵容。江流纵横——水还是那些水，浪不再是那些浪。

江畔的景象宁静安详：一排断断续续的树丛，一道又一道油漆脱落的木栅栏，几丛茅草，一片滩涂，几只小蟹在滩涂上横行，一只蜻蜓遽然掠过，然后停在空中……两岸之间一派江水气定神闲地流动。一切如此稳定。没有多少人意识到，江水内部无时无刻不剧烈地分化瓦解，所谓"一波才动万波随"。

4

到了夜晚，江面的游艇开始营业。游客在码头购买一张船票，上了游艇之后顺流而下，大约十来公里之后返回码头，游览节目结束。坐在游艇上即是看一看灯光勾画的两岸风景和高低错落的楼房。游艇观光是旅游的传统项目，到了巴黎要乘坐游艇游览塞纳河，到了伦敦要乘坐游艇游览泰晤士河。白天看起来，江岸的若干局部有些寒碜，个别片断甚至粗砺不堪。待到晚上，寒碜和粗砺隐到了阴影里，灯光勾出的楼房轮廓线整齐而简洁。

船票价格低廉，大约是二三十元。不知哪些人充当乘客？反正游艇的生意好得意外，甚至大年三十晚上都未曾歇息。每一天的夜晚，半小时左右就可以看到一条游艇从窗前驶过，慢悠悠地滑行了一阵，到了下游开阔的江面缓缓地转回来。有趣的是，这些游艇也用灯光装点起来。灯光勾出了游艇的轮廓：船舷，甲板，两层的船楼，驾驶台，如此等等。从窗口看出去，仿佛一幢小房子正在漂过江面。

码头距离寓所不远。那一天我向太太提议，要不要步行到码头，买两张票乘坐游艇，在游艇上看一看我们的家？太太毫不客气地拒绝了，嘴里还嘀咕了一句，大约是"神经病"之类。

我有时会在江边散步。一天下午，我沿着附近的一座大桥过了江，站在江的对岸观察自己的家。夕阳斜照，所谓的家不过是一幢楼房上几个小小的窗户。窗口里面肯定没有人。那一天下午太太不在家。当然，我也不在家。

5

寓所的东面窗口曾经可以看到，大江绕出一个弧线奔流而去，最终隐没在烟波浩淼之中。长长的马路沿江岸伸展，一串串车辆迅疾而过。然而，现在窗口的大江被遮去一小半。窗外一幢二十多层的大楼拔地而起，切断了视线。这是一幢银行大楼，比我的寓所要高出许多。早晨的太阳必须越过银行大楼，才能惠及我的寓所。夜晚的月亮从大楼的剪影背后缓缓升起，仿佛是银行放出的一个气球。

这一带号称城市的金融街，矗立许多幢高低不一的金融大厦。"金融街"这个概念很迟才传到我居住的城市，所幸的是还能在江滨找到落脚之处。与上海的外滩不同，我所居住的城市对于江滨迟迟没有感觉。我迁到这一带的时候，江边仍然是一个荒凉的所在。几棵大榕树之间有些空地，夜间停放了二十来辆城市运垃圾的大卡车。江岸与滩涂几乎联在一起，一丛丛长长的茅草与一堆堆的碎石。江水"哗"地扑上来，然后无趣地沿着碎石的间隙回到江里。

金融街的建成似乎不过几年时间。那时的晚上我常常在这一带遛狗。家里养了一只拉布拉多狗，名叫卡普。卡普肥胖而顽皮，力气又大，家里只有我牵得动它。每一次套上绳圈出门，卡普都激动得直喘气。我一个人牵一条大狗穿行于灯光黯淡的街道，偶尔才会遇到一个面目模糊的行人。众多金融大楼还是一幢一幢巨大的水泥模型，玻璃幕墙正在从顶楼慢慢往下安装。卡普从未设想进入金融街的哪一幢大楼当总经理，而是直扑路边几棵刚刚栽种的小树或者金属的路灯柱子，不厌其烦地跷起腿撒几滴尿。这是一条狗宣示主权的隆重方式。有一天晚上，卡普似乎走累了，耍赖躺在马路中央不动，伸出舌头喘气，用力拖也不肯起来，幸而那时的马路上没有车辆往来。我常常想，夏天要抽出时间带卡普到江里游泳，这条狗非常喜欢水。可是，琐事繁多，这个愿望终于没有实现。几年之后，卡普没了。那么健壮的一条狗突然一病不起，至今想起来还是心里发痛。

不清楚金融街积攒了多少财富，那些大楼不少年轻人进进出出。传说一个大亨计划在金融街旁边盖一幢一百多层的大楼，宣称要挑战亚洲的高度，几家当地的小报似乎还刊登了消息。我估算一下，如果将这一幢大楼横过来，它的长度充当一座跨江大楼肯定绰绰有余。后来听说大亨的资金有些问题，大楼压缩为五十层左右。不久之前我驾车路过那里，似乎还是一个荒芜的工地。蓝色的工地大门紧闭，没有见到工人和车辆出入。

6

天气晴朗的夜晚，许多人在江滨放风筝。黄昏的时候，江风开始稠密起来。一个人手持一部花花绿绿的风筝站在江滨，风筝大约接近他的身高；另一个人牵着绳子距离风筝十多米，开始逆风奔跑。风筝脱手之后在低空打转盘旋，趔趔趄趄，突然之间稳定下来，缓缓升到空中。风筝的形状各种各样：蝴蝶，小飞机，飞碟，蝙蝠，体态颀长的龙，等等。

人们之所以愿意夜晚放风筝，因为风筝上安装了各种闪烁的小灯：红色的，蓝色的，绿色的，还有橙黄色的。风筝升到高处，这些小灯在夜空发出微弱而柔和的光亮。一些风筝飘拂着长长的尾巴。青天如水，这些风筝如同浮在水中的几只水母。偶尔可以见到夜空之中一架客机飞过，客机两翼的红灯隐约地一闪一闪。可别让风筝缠住——这种可笑的念头一晃而过。当然，它们之间相距几千米。

那一天晚在江滨蹓跶，仰面看了看天上几只发光的风筝，然后低头走路。忽然觉得有些不对，又抬起头仔细张望。几只发光的风筝背后有一团发出微光的浮云，浮云中间裹着一钩细细的上弦月。

两个妇女在江滨摆起卖风筝的摊子。我问了问价格，一个风筝三十元。我挑剔说，她们的风筝似乎很小，而且没有灯，飞到天上只剩下小小的一个影子；她们争辩说，那

些风筝上的灯是自己安装，否则哪是这个价
格。我们之间的问答不怎么热心。她们肯定
看得出来，我并没有真正打算买。我的年龄
与放风筝的日子存在巨大的差距。

多少年以前的事情了？——一个伙伴手
持风筝站在远处，然后快速奔跑，快乐地呼
喊，一边倒退着行走，一边看着风筝一蹿一
蹿地升到天上。现在还会放纵地奔跑与呼
喊吗？

7

天色渐渐暗下来，江滨的路灯还未亮起
来，江水朦朦胧胧。一些散步的游人陆续出
现。我下班返回，顺便在江滨走一段路。突
然手机响起，一件公务。我在手机里与对方

商讨了一会儿。一个女声在身后出现，模仿几句我的说话腔调。我愣了一下，昏暗之中一个女子从我身边走过。超过几步之后，她又转过身模仿一句我的话，然后消失在游人之中。我看不清她的脸。片刻之间，我几乎想追上去。当然没有。我站在原地，怅然若失。

另一个江滨的寒冷夜晚。很迟了，江滨几乎没有游人。借助江水的反光可以看到，一个女子独自倚在江边栏杆的拐角，很长时间一动不动。我在附近走了几个来回，同时严格地审视自己的内心：的确，丝毫没有上前搭讪的冲动。

8

晚上的江滨，许多人在空地上跳舞，多半是女人。她们似乎有固定的地盘，十个或者二十个分成一摊一摊的，脚边放一个录音机，然后跟随音乐节拍跳起广场舞。广场舞动作整齐划一，有些像广播体操。嘹亮的音乐声沿着江面荡开，传得很远。水波有助于声音的传扬吗？我不知道。

多数跳舞的女人打扮得很用心，仿佛时刻等待观众。江滨悠闲的观众很少，稀稀落落地站在一大群动作统一的舞蹈者外围，反而显得势单力薄。有些观众看了一阵，渐渐也踩着步子挥手比划起来，成为一个初学者。好几回在一个舞蹈圈子外围见到一个女子单独跳舞，她的舞姿丝毫不亚于圈子中央的那些人。她的身边坐着一条大狗。大狗歪着头，一副百无聊赖的神态，绳圈的一头系在女子的腰带上。估计就是因为这条大狗的拖累，这个女子无法汇入跳舞的集体。可是，狗和独舞恰恰让她成了最为引人注目的一个。

闲逛了一阵，我发现江滨的栏杆旁边有人支起一个小铁架，铁架上搁着好几部手机，一个话筒和扩音设备。据说就要开始网络直播。三五个人站在手机后面，清了清喉咙准备唱歌。如今的表演不需要多么繁杂的舞台设备，更不需要一个穿燕尾服的指挥家站在那儿古怪地挥舞小棍子。可以从手机屏幕里看到另一个表演场所，那边有人热络地与这边的人打招呼。多发点红包啊，屏幕里有人笑着说。

终于开始唱了。这边一个男歌手上场。他似乎有些紧张。不论别人问什么，他回答的每一句话都要夹上"没毛病"的口头禅。他穿牛仔裤，T恤上溅了几星泥土，仿佛是从工地上直接来的。握住话筒的巴掌很黑，手指骨节粗大，也像是干粗活的。他唱起来了，歌声相当不错，至少我是没法比拟的。

9

有一段时间，每天晚上都能在寓所里听到江滨唱歌。我知道唱歌的据点在大桥的第一个桥墩底下。第一个桥墩通常竖在岸上，桥面与桥墩围成的空间如同一个天然的共鸣箱。一群人从路边拉来一根电线，架起一台小小的卡拉OK，然后高声唱起来了。每一天大约总要唱到九点半之后。尽管卡拉OK周围没有多少观众，那些自娱自乐的歌手还是摆出一副歌剧院舞台上的架势。一些男的穿上了白西装，尽管没有黑领结；女的一袭长裙，脸上化了妆。

他们为什么要把音量开到最大？每天晚上大约两个小时，各种熟悉的流行歌曲不屈不挠地从窗口挤进来，令人心烦意乱。无比痛苦的享受。一些歌手的走调到了无以复加的程度，然而，他们没有察觉，仍然尽量扯起嗓门唱得声嘶力竭，然后大吼一声"谢谢"。可恼的是，走调的歌声隐藏了某种邪恶的魔力。我会不知不觉地专注倾听，预测接下来的哪一句又会怎样离奇地走调。至少有好几次，古怪的走调让人忍不住大笑起来，以至于我和太太想下楼到江边看一看这个歌手到底长成什么样子。

最近这个卡拉OK据点被取缔，估计遭到附近居民楼的联合投诉。

偶尔也能在清晨听到江滨传来的歌声。一把二胡伤心地响起来，断断续续，一个老头抑扬顿挫地唱京剧，仿佛一阵模糊的呜咽。黄昏的时候经过江滨，可以听到排箫或者笛声若隐若现，盘旋萦绕，与拍岸的江涛交织混杂在一起。这是电台播放的音乐。我有意不去看藏在路边树丛背后的喇叭，力图维持一个幻觉：这是江水和大地的联合排演。下班的车辆愈来愈密集，排箫或者笛声被公路上嘈杂的汽车马达声淹没了。这时，我会凝神谛听。从汽车马达声的间隙找回几个美妙的音符，那一刻会有幸运的感觉。

10

隆重的纪念日即将来临。附近的一座大桥临时封闭。桥上只有一辆大货车。一些工人陆续从大货车上跳下来，沿着大桥的栏杆布置燃放烟花的机械设备。每个机械设备的间隔大约三米，点火装置由计算机远程遥控。工人离去之后，暮色之中的大桥空无一人。这是一个等待盛大表演的舞台，但是，没有厚厚的暗红色帷幕。

夜晚八点，沿江两岸站立了许多人。一条指挥艇顺流而下，船舱顶上红灯闪烁。指挥艇停在江面的宽阔水域，一声指令由电波秘密传出，大桥上的几十簇烟花骤然升空。无数的烟花绽放各种图案，迫不及待地占满夜空，然后悠悠落下。刺鼻的硝烟气味裹在潮湿的空气之中，等待江风吹散。

远处的另一条大桥负责无人机表演。数百架无人机在夜幕之中组成一幅标语，一条帆船，一面旗帜，如此等等。无人机表演的图案切换严谨、精确、迅捷干脆，带有工业社会的机械风格。相形之下，燃放烟花是一种乱哄哄的热闹，如同乡下的社火。

所有的眼睛都注视着夜空。同时，所有的人都意识到，一条大江无声地从烟花和无人机中间穿过，不为所动。

三、桥　　　鱼　　　水库

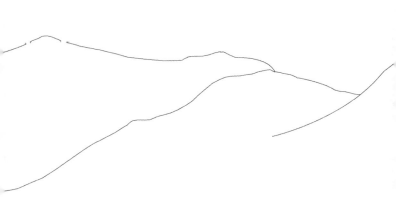

三、桥
　鱼
　　水库

1

闽江进入市区之后很快一分为二,各自流淌三十公里左右重新汇合晤面。北面的江流被称之为白龙江,南面的江流被称之为乌龙江。白龙江与乌龙江分别拥有自己的神话。传说闽越王无诸之子在北面的江畔钓到一只白龙,这一段江流因而名为"白龙江",钓龙之处"望龙台"迄今犹在,偶尔我还能从那儿路过。我从资料上查到这个故事,之前从未听说。否则,我会在"望龙台"那儿多站一阵子,想一想哪一根坚韧的鱼竿可以承受龙的重量。乌龙江的传说与白龙江毫无联系——传说是一个女子吃了江上漂下的一颗果子,继而怀孕,产下一条乌龙。日后乌龙背负母亲腾空而去,遗下一条大江谓之乌龙江。南面乌龙江的江面比北面白龙江的江面宽阔许多。

我的寓所是在白龙江的北岸。

白龙江与乌龙江围在中间的这一块陆地被称之为"南台岛"。从我的寓所窗口望去，江的对岸即是"南台岛"。当年曹操形容岛屿的诗句是"水何澹澹，山岛竦峙，树木丛生，百草丰茂"；然而，对岸高楼林立，车水马龙，明晃晃的路灯和车灯连缀不断。"南台岛"很大一块地面，大约一百多平方公里，中部偏北稍稍隆起，称为烟台山。十九世纪中叶福州开埠，西方的商人、外交官、传教士纷纷登岸。烟台山建起了众多的领事馆、洋行、教堂、医院、俱乐部、跑马场、图书馆等等。一幢又一幢的洋楼错落覆盖，山的形态已经隐没，只不过众多纵横的马路都是上坡罢了。之所以称为"烟台山"，因为山顶曾经设有报警的烽火台。烽火台的"烟墩"之中一缕浓烟滚滚而上，另一个江心岛上的炮垒立即抬起了炮口。

乌龙江水流湍急，摆渡不易，二十世纪七十年代初才建成一座跨江大桥。那时我还是一个顽劣少年。某一天突然心血来潮，与几个小伙伴相约，骑自行车去看一看这座大桥。我们借来几辆自行车午后出发。尽管没有人知道准确的路线，但是，向南行走总是不会错的，迟早会遇到乌龙江。那一天刮大风。逆风而行，骑了几公里就气喘吁吁。估计骑了二十公里左右，感觉如同翻越一座大山。沿途不断停车问路，几度想放弃算了。待到终于见了大桥的时候，我们已经完全丧失了兴趣。记得我们还没在桥头站一分钟就转身往回跑。返回的时候，风从后面吹来，骑起车来轻松多了。

2

闽江穿城而过。城里数十条四通八达内河都听到了消息。这些内河弯弯曲曲的身躯里藏有一个固执的梦想——追随这条大江出征远行。

一条七八米宽的内河蜿蜒地穿过起伏错落的众多楼房，绕过我的寓所左侧汇入闽江。江水无动于衷地流淌，从未朝这个方向多看一眼。涌出内河的水流紧紧跟上，犹如跟在成人脚边的一个小屁孩。

终于要见世面了，这一小段内河匆匆打扮起来。两侧深灰的水泥河岸笔直挺立，大约有四五米的高度，出口处盖起一座廊桥，廊桥悬挂的一排灯笼夜晚会射出一串红光。回溯百十米左右，一个小型水文站横跨内河之上，一道闸门调控河水的涨落。某些时候，闸门那儿传来很大的水声，似乎阻拦在闸门内侧的河水急不可耐地想挤出来。

那一天我趴在水泥河岸的栏杆上，把头伸向河道。夹在水泥河岸之中哗哗的水声突然增加了好几倍，轰然而鸣，仿佛是出征之前的亢奋喧闹。有风在河道之间奔窜，呜呜地响。河水匆匆涌过马路之下的桥洞，被廊桥底下的岩石分割为几绺白色的水流，哗啦啦地呼唤着分头扎入江水。我回想一下，未曾听到这条江发出多大的声音。走到江岸旁边，荡漾的江涛柔缓地拍打石阶，发出啪啪轻响。一条大江的声音就是如此。

3

　　这一段内河有时涨满墨绿的河水，犹如一个波光粼粼的游泳池，有时几近干涸，看得见河底黝黑的石块。几只白鹭悠闲地站在石块上，偶尔低头啄食水中的小鱼。内河出口湍急的水流引来江水之中一些回溯的鱼群，时常有几个路人在这儿布钩钓鱼。遇到下雨的日子，他们会将一柄大伞捆在马路桥边的铁栅栏上，端一张塑料椅子坐到大伞下面，多数时间盯住手机屏幕，偶尔照看一下鱼钩。如果企图有更多的收获，他们就会穿上连衣裤的防水服下到内河里，在出口处拉起一张网，将路过的大鱼小鱼一网打尽。水泥河岸的一个角落嵌着一台锈迹斑斑的铁梯子，这些人沿着铁梯子爬上爬下。

　　那天见到一个男人抽着烟蹲在内河的水泥岸上，安详地等待水中的鱼儿上钩。一个生命拦截另一个生命。这个男人已经得手一次——身边蓝色的塑料桶里已经有一条鱼，鱼鳃快速地一张一合，仿佛控诉无故遭受囚禁。我和太太路过，花十元钱买下放生。内河里的鱼群难逃劫数，我们捧着鱼疾步穿过马路，把它放生到江水之中。鱼在掌心挣扎着颤动几下，幸而很快就到了江边。

　　这只鱼是不是终老于江里呢？

4

　　下游的江岸突兀地伸出一块长长的花岗岩，大约三十米左右，如同一条粗壮的大腿凌空伸入江水，穿着靴子，脚尖向上翘起。民间命名这块花岗岩为"金刚腿"。我不太喜欢这个称呼。我有点讨厌按照粗陋的象形原则形容山山水水，诸如山巅的这一块岩石像猪八戒背媳妇，溪里的那两块礁石是一对争吵不休的乌龟和青蛙，至于笔架山或者官帽山触目皆是。那些旅行团的导游信口雌黄，鬼斧神工的山川形胜终于沦为呆板的石头动物园。然而，这时的游客往往天真如稚童，看不出是哪一种动物誓不离开。

当然，象形原则以及情节的烟火气是民间话语的普遍风格。相对于闽江的"金刚腿"，漓江象鼻山远为著名——那个山峰的小造型用栏杆圈起，更像是动物园的构思。"金刚腿"附近有一个奇特的水文现象：闽江出海口涌入的海潮与闽江上游下泻的江水总是交汇于"金刚腿"下方，犹如"金刚腿"一脚踹出二者之间的分界。据说"金刚腿"左侧的江水淡而无味，右侧的江水是咸的。两股水流迎头相激形成巨大的漩涡。民间的传言是，江上溺亡者的浮尸未被及时捞走，最终往往会汇集到这个漩涡里。一些打捞尸体的船工开出吓人的高价，理由是水势汹涌，漩涡凶险。

传说之中，古时对岸另有一块对称的花岗岩，也称"金刚腿"。当年闽江万寿桥的一个桥墩损毁。修复的时候，投下的石料不断被湍急的江流卷走。某高僧掐指一算，只有"金刚腿"的花岗岩才能屹立于滔滔江流。于是，对岸的"金刚腿"被搬运到桥下充任桥墩。我的寓所窗口遥遥可见万寿桥，夜晚的灯光将这座老桥装点得如同头插野花的村姑。万寿桥的所在原先是闽江的一个渡口，宋代开始架设浮桥。根据记载，当时的浮桥是用粗大的缆绳将一百二十艘木船捆缚在江中的十八根石柱之上。元代修成石桥，主事者是万寿头陀寺的一个僧人，石桥即以"万寿"为名。明、清、民国不断地翻修和改建万寿桥。二十世纪七十年代大规模改造，抬高桥面以利于江上的航运，并且易名为"解放大桥"。九十年代遭到洪水损坏，再次彻底大修。我时常往返这一座大桥，可是无法证实桥下曾经有一条"金刚腿"砌出的桥墩。

5

江滨公园一段一段地被绿色围挡圈起

来，一些戴着安全帽的施工人员进进出出，几台杏黄色的勾机露出半个车身和弯曲的铁臂，哒哒哒的声音起伏不定。路过的时候，伸长了脖子也看不见里面是什么工程。

围挡慢慢地挪到了寓所的窗口下面。居高临下，我看到围挡里面焊起了纵横交错的网状钢铁架子，铺上铁板，继而填入泥沙，敷上水泥。还要修建一条路面吗？一辆水泥泵车隐在江畔的树丛里，橘红的长长车臂突兀地从墨绿的树冠之间伸到空中，车臂上方如同胳膊一般伸屈自如，末端飘着一段软管。突然，软管打个挺伸得直直的，水泥喷涌而出，开始浇铸了。我低头看了几页书再抬起眼睛，树冠轻微涌动，橘红的车臂无影无踪，刚才见到的一切犹如幻觉。

猜测获得证实，的确是再修建一条路面。如此之多的脚板日复一日地踩踏江滨公园光滑的石板，跳舞的女人如此整齐又如此用力地踩脚，江岸终于坚持不住了。石板底下的一些沙土开始悄悄地逃离，趁着暗夜混入江水漂向下游。江岸的告急信号终于收到回音——工业社会决定动用钢铁材料和发出哒哒哒声音的机械设备一劳永逸地解决问题。

　　窗口下方的江面白天停泊了三四艘工程船，负责运输钢铁材料和泥沙。工程船很旧了，船舷的油漆已经褪色，剩下一片斑驳的浅灰。甲板上一个扁平的舱房涂成呛人的蓝色。吊车的铁臂折叠在那里，如同一条酣睡的蛇。不知为什么，甲板的栏杆每隔一两米就绑一面小旗子。江风尖利，二十多面或黄或红或蓝的小旗子围成一圈猎猎飘动，似乎充当守护吊车的哨兵。

附近那一条大桥的桥墩下出现几只小船。一些身穿救生衣的工人爬上桥墩，在桥墩的突出部位安装了一圈橘红色的垫子。涨潮的时候，橘红色的垫子仅仅露出顶部，仿佛每一个泡在江水之中的桥墩拦腰套了一个救生圈；退潮之后，桥墩上一圈橘红色的垫子如同歌厅里的沙发，让人想上去坐一坐。据说那些工程船躯体沉重，身手笨拙，桥墩上安装一圈垫子是防范它们摇摇晃晃之间蹭过来。桥墩是躲不开的，只好穿起防护服。

波浪，鱼，鸟，船，江流之中一切都在动，只有桥是固定的建筑。前两天我从大桥旁边经过，站在江边看了一阵桥下的流水。

桥墩将江水分割成几大块，形成纵横变幻的水纹。

6

这条江上修建了几座桥？不得而知。站在阳台上左顾右盼，已经可以看见四座桥。让人有些不快的是，一些桥似乎愈来愈不像"桥"。驱车行驶在六车道或者八车道的马路上，往往意识不到刚刚从桥上经过。左右的匝道似乎有车汇入，宽阔的路面被太阳晒得白晃晃的，行车速度丝毫不减，转眼之间已经过桥。如果不是什么特殊情况，通常懒得往旁边的车窗瞥一眼，透过路边栏杆的缝隙看一看摇荡的江面。

另一些时候意识到正在过桥。但是，人

们的眼光不会落到江面，而是沿着一条条粗大的钢索向上望去。钢索从高高的塔楼上斜挂下来，如同一柄打开的折扇，整座桥优美地悬挂于半空，仿佛没有桥墩。遥遥望去，悬空桥梁的设计灵感或许来自某个翘首伸臂的钢管舞娘造型。昔日乘坐火车经过长江大桥或者黄河大桥，钢条组装的老式桥体哐当当地响成一片，让人觉得即将散架。现在的水泥桥体稳固结实，坚不可摧，只有路面预留的伸缩缝让车子轻微地跳一下。一位造桥专家告诉我，他们的造桥技术令人咋舌。建造跨海大桥的时候，他设计的桥墩横切面的面积快要赶上足球场了。

可是，我还是有些想念古老的桥梁。那些桥梁的桥面是长长的石条一块接一块平坦地铺开，或者如同一只猫那样拱起背来。这些桥梁会被洪水冲垮，也会由于年代的久远而断掉。这些桥梁往往铺设在石砌的桥墩上。江上的一座老桥已经被拆除多年，但是，几个石砌的桥墩始终矗立江流之中，风吹日曝，黝黑如铁，上面残留几截灰暗的水泥桥面。每回路过见到这些桥墩，犹如故人相遇。桥墩的下半部分是是菱形的分水尖，石块的缝隙之间长出好几棵枝叶茂密的绿树，上百只白鹭星星点点地栖息在水泥桥面与绿树之上。那一天偶尔看到一则资料，不由吃了一惊：这一座桥始建于明代的万历六年（一五七八年）。尽管屡经修缮，但是，那些菱形的桥墩距今已经快要四百五十年了。

7

散步的时候，我时常路过一座横跨江面的大桥。这一座大桥是交通要道，各种型号的汽车、飞驰的电瓶单车和行色匆匆的行人络绎不绝。尖利的喇叭不时响起。桥下时有船只往返。一些大船昂然鸣笛，声音远比汽车喇叭洪亮浑厚，如同一头硕大的奶牛哞地叫了一声。

桥边的栏杆上通常趴着十来人。他们背对熙熙攘攘的人流和车辆，双眼盯住滔滔江水。这些人在桥上钓鱼。有的人鱼竿很长，鱼竿后面安装一个小小的鱼线轮；有的人鱼竿只有短短的一截。大桥的栏杆距离江面数十米，鱼竿上下垂的细线似乎很快隐没了。是不是因为江流冲击桥墩形成的小漩涡吸引了一些溯流的鱼群？总之，这些钓鱼的人每天都在那里。我是性急的人，对于钓鱼这种磨人的事情敬而远之。曾经尝试过一回，坚持不了一个小时。我对于那些慢性子的人充满敬意。

大桥栏杆旁边的地面，好几个地方用油漆喷上告示：这里不准钓鱼。我留意了一下，这些告示的下方是江里的主航道，交管部门担心下垂的细线挂到了往来的船只。

我也趴在大桥的栏杆上往下看。江流湍急，无法看到江面上的鱼漂。这里钓鱼需要鱼漂吗？旁边这一位垂钓者脚边的塑料桶里空空如也。我试图和他搭讪，问一问每日的收成如何。他一脸冷漠，似乎不想说话。

我继续散步。离开了大桥从江边回头望

去，倚在栏杆上的几个人影衬着黄昏的天空。他们的身姿纹丝不动，仿佛正在进行一场无声的竞赛：看谁先用手中的那一根细线把整条大江钓起来。

8

长江的刀鱼味道鲜美，据说价格居高不下。闽江也有一种白刀鱼，肉质嫩滑，但是，鱼刺颇多。我已经很久没有吃到了，估计也贵了许多。我猜测闽江的白刀鱼与长江刀鱼属于同一种类别。

我的嗅觉迟钝，味蕾单调，没有太多的耐心辨识食物，从容享受口腹之乐，时常由于心不在焉而出现一些低级错误。孩童的时候吃过不少黄花鱼。那时的黄花鱼是普通人家的家常菜。可是，很长的时间里，我居然以为黄花鱼生长于闽江而不知是一种海鱼。若是列举闽江为家庭的餐桌提供了什么，我会立即被考倒。

菜市场里的路面湿漉漉的，鱼、虾、肉、瓜果蔬菜一摊一摊次第摆开。我没有兴趣像组织部门一样追问每一种食物的籍贯和家族史，建立详尽的人事档案。这些食物的共同命运是，进入某一个可降解或者不可降解的塑料袋，搁进一个筐子或者菜篮，抵达一个家庭的厨房，剖开洗净之后关进一个铁锅，铁锅下面的熊熊烈火彻底修改了食物的真实面目。人们再也无法将盘子里的菜肴与水里游弋的鱼或者地面上哼哼地拱着墙角的猪联系起来了。一阵香味袭来的时候，我拿起了桌上的筷子。我用哲学思考顺利地填充了食物籍贯、菜市场摊位到桌面之间的诸多环节。哲学思辨能力可以轻松地将闽江的波涛、厨房里的火焰与大快朵颐的快乐概括在某一个一本正经的命题之中。

我想起了闽江提供的几种特殊食物。一种是海蚌。海蚌不是生长于江水之中，而是活跃在闽江出海口的那一片水域。那一片水域淡水和海水交汇激荡，海蚌的肉质厚而且脆。这里的海蚌构成了一道名菜。我不能不提到这一道名菜的称呼："西施舌"。谁见过西施——而且尝过西施的舌头？海蚌的肉质不仅打动了人们的味蕾，同时引向了某种不无色情的模糊联想。

另一种食物是称之为"溪滑"的鳗鱼。

此种鳗鱼是两栖的，时而在江里，时而在山上。它可以在水中捕食小鱼小虾小蟹，也可以在山上捕食小虫子，甚至钻入坟墓——吃的是什么就不好说了。传说之中，溪滑大补。女人坐月子的时候吃，男人吃了必定壮阳。每次只能吃几块鱼肉。吃过之后出门跑几圈回来再吃，否则可能造成肠胃的严重堵塞。当然，医生不建议多吃，大约是胆固醇太高。据说溪滑从江里上山的时候，会用涎液为自己铺设一条林中小径。遇到紧急情况，它沿着这条小径哧溜一下滑到水中。捕捉溪滑的人在树丛中发现了几条亮晶晶的轨道，他们在这些轨道的中途洒下一些锯末的木屑。溪滑下山的时候突然陷入一片干燥的沙漠，只能乖乖地束手就擒。

还有一种食物称为"田鸡"。田鸡是一种比拳头还要大的青蛙，隐身于闽江上游山区的溪涧之中。夜幕降临，捕捉田鸡的人腰上松松地悬挂一个竹篓，打着手电筒探访溪涧边沿的各种洞穴。有些时候，这种探访也会走错门——一些洞穴的主人是水蛇而不是田鸡。捕捉田鸡的人被水蛇咬一口不算稀罕的事情。清炖的田鸡肉质肥厚，味道纯正。由于生长于溪涧之间，坊间认为田鸡清凉解毒。田鸡动作笨拙，可是力气充沛。一个女人说，一只剖开肚子被砍成两截的田鸡居然还能从砧板上跃起，伸出双臂抱住她的手，吓得她扔了菜刀放声尖叫。

大鱼吃小鱼，小鱼吃虾米——闽江平庸地遵从食物链的朴素原则。我的寓所窗口没有搜集到各种怪异的消息，譬如江流之中各种身份不明的水怪兴风作浪，吞噬船只或者制造巨大而且深不见底的漩涡。阳光均匀地分布在江流的每一个段落，滔滔江水健康、明朗、乐观，安详地成为天地秩序的组成部分。

9

我不怎么喜欢山谷之间的水库。水流沿着四面八方的山涧汇合到这里，犹如被诱入一个陷阱。它们被一个巨大的整体吞噬了，沉默地安顿下来，不再翻腾滚动。山间的水库是一泓死水，寂然不动。也许，某一个角落掀起几朵浪花，两条船撒网捕鱼，一块石头"嗵"地落入水中，但是，诸如此类的小动静对于那个巨大的整体毫无影响。山谷之间的水库往往数十米深，淤积于水底的泥沙愈来愈厚，不知哪些神秘的怪物藏身其中，令人恐惧。水库时常将山体泡得松软，水库的边缘是一些滑溜溜的土坡，厚厚的青苔和腐烂的树枝。这是水蛇和蛤蟆出没的地带。

江流之中大坝拦成的水库显示出另一种性质。上游的江水到这里集结，仿佛进行某种培训，积蓄的动能愈来愈大，然后骤然从一个泄洪口奔涌而出，扬起数十米的水柱。奔涌的水流带动了水轮机，水轮机涡轮的高速旋转产生了电流。三峡大坝的工程师告诉我，三峡水库同时可以调节长江的水位。洪水来临的时候，水库拦截和收贮一部分水量，避免过于集中冲击下游；枯水季节，水库的适量放水有助于缓解下游的干旱，保持航道的通畅。蓄水还是放水的高超平衡由多方人士根据水文资料会商。

闽江中游存在一座中型水电站，安装七台水轮发电机组。水库的蓄水或者放水有时会成为一个难题。如果预判当年可能出现大洪水，必须提前腾出库容，否则无法承担水量调节的功能；然而，如果预判失误放空了水库，下半年枯水季节可能严重影响发电。一个退休官员说，他曾经担任的众多职务均为副职，唯有这个水库的总指挥为正职。这意味着必须为蓄水或者放水独自承担责任。他笑眯眯地说，运气不错，在位期间从未出现什么纰漏。退休之后，这个官员的运气仿佛一下子用完了，他很快死于癌症。

如果没有放水，水电站的大坝前面存在一大片平静的水域。奔流的江水阻隔于大坝的另一面。这一片平静的水域时常被众多碧绿的水浮莲严密覆盖，如同一场声势浩大的群众集会。水浮莲的繁衍能力极为强大，可以迅速铺满水面，以至于阳光无法照射水体，严重影响水下的动植物生长；同时，茂盛的水浮莲可能阻塞航路和泄洪渠道，成为水中的路障。水浮莲原产于巴西，引入这种植物的重要原因是充当畜禽饲料。出乎意料的是，畜禽的胃口远远赶不上水浮莲的繁殖速度。食物匮乏的恐惧如此普遍的年代，这个奇怪的事实令人猝不及防。

路过这一段江滨时常可以看到，几艘船只漂浮在这一片水域打捞水浮莲。相对于面积如此庞大的一片碧绿，那几艘渺小的船只微不足道。这种劳作让人想到西绪福斯推动那一块巨石上山。

10

大坝拦成的这一座水库淹没了江边的一些田野和村庄。我在网络上看过一个短短的纪录片，一个人类学教授拍摄的，记录水库底下一个小镇子的最后一个端午节。

黝黑的面孔，拘谨的笑容，乌油油的青石台阶，干打垒的黄泥墙，屋顶的瓦片是黑灰色的。五月初五端午节，家家户户都在包粽子，孩子们还能领到蛋壳染得红红的煮鸡蛋。破旧的餐桌上摆出丰盛的菜肴，几碗冒着热气的卤肉、卤蛋、鱼、青菜，男人喝几盅酒。女人们将雄黄酒喷洒到屋子的各个角落，大约是辟邪的意思。中午时分，一个全身赤裸的小男孩被按在一个小木盆里用雄黄酒洗个澡，抱出来的时候哇哇乱叫。一些小女孩身上披挂各种红布缝的饰物，快乐地蹦蹦跳跳。这一天当女婿的要给岳父岳母送吃的。二三十个粽子扎在一起，竹编的食篮里还要放在几样新鲜的时蔬果品，女婿搁在肩上挑到娘家去。

小镇子里最为热闹的时刻是游神。两个赋闲已久的神从一个堆放杂物的阁楼里抬了出来。一个神画成黑脸，大大的眼球显得格外白；另一个神画成白脸，嘴里拖出一条长长的红舌头左右摇摆。神被穿上蓝色的大马褂，摇摇晃晃地从小镇子的主干道上游过，一大堆人笑哈哈地跟在后面，不时一串鞭炮响起。神有时会即兴地来到一家门口，顺便享用一下摆在桌上的祭品，这一家人就会高兴得合不拢嘴。神最后进入一座庙的大殿，众人随之一拥而入。大殿里面光线幽暗，香火旺盛，人声嘈杂，一位老者念念有词，将手中的符水洒到一面杏黄旗上。纪录片镜头之中所有的人都兴高采烈，没有人因为这是一个最后的端午节而伤感。纪录片的最后一个镜头是一辆黄色推土机前端的大铲子。水库已经开始修建，这个小镇子很快就要淹没。

许多年过去了，纪录片中那个木盆里洗澡的赤裸小男孩大约已经是一个三十多岁的中年人。小镇子里的居民已经迁居各地过上了新的日子。黑脸与白脸的那两个神游历到哪去了呢？小镇子静静地待在数十米深的水底下，或许那些街道依然如故，房屋依然如故。可是，水底下还会有扎成一大捆的粽子和噼噼啪啪的鞭炮吗？

四、台风与洪水

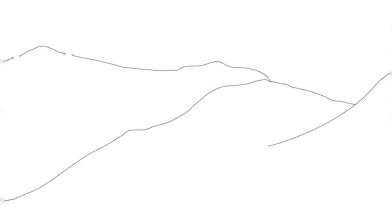

四、台风与洪水

1

我时常出门，有时走得很远，不得不乘坐火车或者飞机。远方的世界如同浮云若隐若现。诗与远方，二者被浪漫地联结在一起。然而，不久之后总要从远方返回。不可能每天读诗。持续的漫游，迟早必须将诗改换为请假条。

每一次从远方返回，总是劈面与这一条江重逢。如同昨日还见到的熟人，不必寒暄、叙旧，忙忙碌碌之中一切如故。江依旧，山依旧，两岸依旧，滔滔江水仍然不知疲倦地在旧辙中打转。

然而，时光不再依旧。梭罗说过："时间只是我垂钓的溪。"时过境迁，水流花落，万事已非，怎么可能依旧？奔涌于旧辙之中的肯定不是出门那一天的江水，水中的那一条鱼已经繁衍了第三代。不能两次踏入同一河流，也不能两次看见同一江流。

有时我会突然固执起来——谁能证明真的还是这一条江？滔滔江水一去不复返，每时每刻流过窗口的江水都是刚刚认识的——怎么能轻率地认为那一条古老的闽江还在原地呢？

2

接连几天，江水浊黄。上游发大水了吗？

这儿天气晴朗。阳光直射下来，浊黄的江面突然显出强悍的脾气，咄咄逼人地将阳光反弹回去。灼亮刺眼的黄光透过窗口将房间染上一层黄晕，以至于不得不将窗帘拉上一半。江水仿佛不再流动，如同一片黏稠而静止的黄色泥浆，摆出要吞噬一切的架势。江里已经没有天空、白云和两岸楼房的倒影，只有大桥的黑影清晰地横过江面。傍晚的时候又站到窗口，江里的水位低了一些，岸边的滩涂也被染成黄黄的一片。滩涂旁边一些绿色的小树丛惊慌地后退，似乎被黄泥浆一般的江水吓着了。

我开始搜索记忆——没有听说上游下了暴雨。而且，江水的浊黄怎么可能持续这么多天？我见过这一条江的暴怒：汹涌的洪水挟风带雨，哗啦啦地从北部山区的千峰万壑之中迫不及待地扑出来，仿佛要找谁打群架。这一回不同。四周静悄悄的，江流似乎暗暗地生气，一天一天地积攒什么，一张脸憋得愈来愈黄。是不是要发生什么了？我暗暗有些心惊。

3

台风来临的时候可不是如此。十七级大风呼啸着从海面登陆，整条江开始在大风的脚板底下颤抖。

豪雨接踵而至。转瞬之间，天地之间仅仅剩下风和雨。一百来毫米的雨量大约在一两个小时之内倾泻而下——这可能是北方一些地区一个年份的雨量。对岸的楼房消失在雨帘之中，窗口下面的江流很快不见了。窗口的玻璃外面只有一片白茫茫的雨幕。大风似乎想增添一些戏剧性，一阵飓风突然将巨大的雨幕掀起来，雨滴不再垂直落下，而是如同一条鞭子横向地抽在窗口的玻璃上，一副玉石俱焚的气势。几分钟之后，一注水流悄悄地从窗框的缝隙渗入。我开始手忙脚乱地寻找各种抹布拥堵，因为窗框底下安装了一排电插座。

午后风势开始稍减，雨也小了许多，窗口玻璃外面的江流与对岸的楼房显现出来了。暗黄的江水滚滚涌来，大风刮起的江涛急促地拍打岸边的石阶。突然，一条木船箭一般地闯入视野。站在窗口望去，黝黑的木船长不盈尺，船上四人。其中三人埋头划桨，动作整齐划一，一个笔直站立船尾，纹丝不动。如此天气，他们奔赴何处？这时，站在身后的太太幽然一声长叹：这条江又活过来了。下游江面的天空逐渐亮起来，大团大团的乌云开始消散。十七级台风意兴阑珊，渐行渐远。

4

台风时节出门，幸运地叫到一部出租车。大雨瓢泼，雨刷刮个不停。开车的是一个光头的师傅。我礼貌地打个招呼：这种天气开车，辛苦！不料光头师傅愿意聊天。他说，现在好多了，过去台风时节才辛苦。

我好奇起来，询问为什么这么说。光头师傅说，开车之前，他是开船的，在航运部门工作，驾驶清理河道的挖沙船。台风时节要赶到船上值班，船只停泊在闽江口。我说，台风时节，所有的船只不是都在港口避风吗？光头师傅说，对呀，他就是到港口开船。我说，这时开船会不会失控漂到海里去？光头师傅说，台风是往岸上刮风，船只不会漂到海里。

交谈了一阵，我终于明白过来：台风来临的时候，船只停泊在港口并非万事大吉。强大的风力可能刮断缆绳或者将船锚拔出江底，这时，船只可能冲到岸上，或者与其他船只相撞。因此，停泊在港口的船只必须打开发动机，通过驾驶平衡船体，与风力和紊流抗衡。

多年过去了。但是，刮台风的日子，我时常会记起光头师傅来。风狂雨骤，惊涛汹涌，岸边激浪哗啦有声，他笔直站在船只的

驾驶舱把住舵轮，全神贯注，目光炯炯，船
上轮机不停轰鸣，烟囱里冒出一团团黑烟，
时速二十公里，船尾波浪翻滚，然而，船
只仅仅在原地颠簸，前进两米，接着后退
两米。

5

　　台风季节的洪水往往一夜之间骤然驾
临。持续旋转的台风将厚厚的云层甩到闽
江上游的山区，暴雨瞬间倾泻而下，干涸的
千沟万壑突然涌出哗哗的水流。大大小小的
水流互相招呼，彼此携手，浩浩荡荡地向低
处奔去，一头扑进了闽江。闽江的水位瞬间
暴涨，泥沙、树枝、木条、水桶、塑料泡沫
跟随江里的波涛横冲直撞，堆积在江流拐弯

的某一个死角，或者冲入沿途某一个小镇的街道，堂而皇之地成为滞留的垃圾。偶尔也有几只失魂落魄的鱼跟随这些垃圾游到小镇的街道上，搁浅在人行道旁边将尾巴甩得啪啪响，然后被几个运气好的居民捡走。台风刚刚出现于太平洋的时候立即获得命名和编号，全世界无数台计算机跟踪台风的线路。迂回北上还是掉头南下？总之，挟风带雨，声势惊人。气象台用夸张的言辞发出严厉警告；电视台记者出镜报道；打伞的官员湿漉漉地走街串巷，检查安全措施；部队士兵驾驶冲锋舟行驶在大水淹没的街道上，将困在屋里的老人从窗口抱下来；如此等等。台风制造的洪水大约两三天，风势消散之后，雨势很快尾随而去。

雨季制造的洪水相对缓慢。阴雨连绵半个月，雨水不紧不慢地飘下来，潮湿的空气如同一层透明的雨衣蒙在身上，墙根长出了蘑菇，晾晒的衣物始终不干，甚至被褥也开始发潮。每一天早晨，人们都要抬眼看一看天空，怎么还没有放晴？多数人没有意识到，江里的水位正在越过警戒线。下游的江水愈来愈黄，山坳里的泥沙兴高采烈地跟随雨水涌入江流；上游每一条支流的轮廓都在扩大，犹如人到中年之后愈来愈肥胖的脸庞。夜晚的时候，许多的白蚁从窗外飞入寓所，围绕着天花板上的吊灯打转。它们甚至找到吊灯的缝隙钻了进去，再也无法出来，烤干的尸骸落在灯管的玻璃罩上，形成一个又一个小小的阴影。白蚁不断地撞在脸上让人心烦，我小时候就知道一个方法：端一盆清水放在灯光底下，清水的反光使盆子里的那一盏灯更为明亮。趋光的白蚁纷纷扎入水中，水面一小会就积满了浮尸。这时，人们会突然回过神来：下了这么久的雨，洪水就要来了吧？

对于闽江两岸坚固的城市，洪水无计可施。洪水找到了几个低洼地带的乡镇，大模大样地入侵。这些乡镇的居民见惯不惊，谁还挡得住洪水？翻过堤坝的洪水摇摇晃晃地试探着，浊黄的水流悄悄淹没了街道，终于爬上了房子的台阶，坦然地漫进厅堂。拖鞋慢慢浮起来了，塑料桶和脸盆浮起来了，小凳子也开始脱离地面轻微地摆动，桌子、竹床和自行车渐渐泡在水里。那些家用电器早已转移，电冰箱和电视机抬到二楼。几个孩子在楼梯口探出脑袋，企图踩到水里嬉闹。大人表情凶恶地威胁他们，事实上并不认真。年年如此，厅堂里的水位不会超过一寸。两天之后，洪水默不作声地退去，拖鞋或者塑料桶、脸盆安全返回原处。雨不知不觉地停歇了下来，阳光灿烂，天气猝不及防地燠热起来，树枝之间的蝉开始猛烈地鸣叫。雨季不是刚刚结束吗？这么热仿佛有些意外，许多人心中浮出了遭受背叛的感觉。

6

寓所的窗户下面是一条江滨大道。锃亮的汽车来来往往，只有遇到红灯的时候才会一辆跟一辆地停下来。事实上，这条江滨大道同时是江岸的堤坝。江流就在路基的下面，洪水季节，江水涨得很高。当然，没有什么人担心江水会漫过江滨大道涌入城市。

然而，江滨大道成为坚固的堤坝不过二十年左右。过去的江滨堤坝是黄泥堆起来的，高低不平，有些地方长出刺拉拉的茅草，有些地方仿佛敷了一层薄水泥。江流漫过堤坝是常见的事情。黄泥堤坝之中隐藏一些弯弯曲曲的裂缝。如果洪水穿透堤坝从裂缝中涌出，巨大的危险就会接踵而来。汹涌的洪水很快会掏开裂缝，形成巨大的缺口乃至溃坝。

我曾经作为知青居住的那个小村子里即是趴在堤坝底下，洪水的袭击是家常便饭。农闲季节，我时常和农民一起加固堤坝。数十个农民散落在黄泥堤坝上，不紧不慢地挑几筐土倒在凹陷的地方，用铁铲或者锄头拍实；几个农民使用一个石墩夯实堤坝：一条大绳拦腰捆住石墩，四个角伸出的绳子分别拽在四个农民手里。他们嘿地一声一起用力，石墩飞在空中，然后重重地砸在堤坝上，地面留下一个印子。江边土地肥沃，这儿一丛芭蕉，那儿几棵龙眼，黄泥堆起的堤坝如同一条黄色的大蟒蛇穿过芭蕉和龙眼的间隙蜿蜒而去。我绝望地看着地面两尺见方的印子——何年何月才能将这条堤坝夯过一遍？周围的农民有说有笑，没有人为这种莫名其妙的事情费神。夯不完一遍又怎么样？堤坝不牢固又怎么样？反正每年都要淹几回。农民喜欢这个工种的理由是：干活不累，工分不低。

沿着窗户下面这条江滨大道逆流而上，迟早会遇到当年加固的那一段堤坝。我的记忆中，那个石墩还在一下一下地捶打这一段堤坝——我怎么也无法将江滨大道与黄泥堤坝衔接起来。

7

现在，江滨大道仿佛划出了一条分界。洪水是界线那一边的若干消息，不再涌入现实打扰人们。然而，一个江边长大的人对我说，儿时曾经遭遇的洪水从未退出记忆。浊黄的洪水时常汹涌地拜访她的梦境。

居住江边的日子，每年都会见到几次洪水。可是，那一年的清明节，洪水真的上岸了。清明节家里热腾腾弄了几碗菜，那时只有逢年过节才有机会吃点好的。洪水突然进村了，仅仅来得及拿一些细软就仓皇出逃。十多天之后才返回，墙上的水渍标出了洪水的高度。洪水的高度超过了饭桌，桌面离开了桌脚漂浮起来。洪水退去之后，桌面原地坐下，歪斜地搁在桌脚上。桌上的几碗菜原封不动，碗里冒出了长长的绿毛。

由于这一次的惊吓，她对于堤坝的巩固格外热心。老师课堂上说过"千里之堤，溃于蚁穴"的成语，当然是一种意味深长的隐喻。但是，她觉得这是一种真实的危险。空闲的时候，她时常与小伙伴仔细巡查附近的堤坝，看看可恶的蚂蚁是否偷偷在哪儿掏了个洞。遇到可疑的裂缝，就要用树枝或者竹签反复刺探。普通的沙土无法填补堤坝上的裂缝，只有黏度很高的黄泥土才能用得上。因此，哪儿有合适的黄泥土资源也是她时刻关注的一个问题。

她的年龄还轮不上农闲时节的加固堤坝劳动。记忆之中，那是一个闹哄哄的季节。这种劳动有时会打出"大会战"的名义。工地上插起的几面红旗轻快地抖动在江风之中，高音喇叭不断播报战况，随后放一些雄壮的歌曲。男人们反而不那么起劲，因为这些活计轻松，挣不到高工分；倒是那些小媳妇一边斗嘴，一边挑起两筐满满的泥土，轻快地扭着腰肢来来回回。可是，这些欢乐的场面从未真正驱除她内心对于洪水的恐惧。

8

当然，村庄里一些水性好、胆子大的男人也能靠洪水发一些小财。浊黄的洪水从上游冲下各种物件，譬如一个木桶，一根椽子，一只死鸡，一床半沉半浮的棉被，花花绿绿的塑料袋，有时还可以看见一只水蛇露出蛇头在浊流之中划出一条长长的曲线。这些男人拿一根长长的竹篙巡回在岸边，竹篙的前端捆上一个尖利的铁钩。遇到合适的猎物，他们就伸出竹篙钩进来。这种活计需要一些力气，更不能脚下一滑落到江里去。

上游冲下来最多的就是树皮、树枝，甚至是完整的一棵树。男人们将捞上来的树皮、树枝堆在一起，天气放晴的时候摊在空地上晒干，可以充当两个月的柴火。他们知道上游的江边有一些木材厂。如果漂浮在木材厂旁边的一大片木排被冲散了，他们就有希望挣一笔了。捞到锯好的树干当然不是用于烧火，而是晾干之后锯成铺板。树干的直径有大有小，一根树干至少可以锯成三四片，五片左右就可以在板凳上铺成一张床。当时从未听说席梦思这种古怪的玩意儿，人们睡在硬邦邦的铺板之上，天气冷的时候可以在铺板上添一层晒干的稻草保暖。隐约记得，一床铺板大约百余元，相当于中等收入者两三个月的工资。铺板之所以属于紧俏物资，还因为可以用于打家具。如今家具店里的柜子、床铺和椅子多半来自合成板、胶水和木纹纸的拼凑粘贴，当时的家具是木匠们又锯又刨乒乒乓乓地打造出来的。厚一些的铺板可以锯开充当家具的骨架。所以，哪一个男人能够在洪水季节捞到一根树干，这种事情足够他吹牛一年。

9

闽江路过寓所的窗口之后已经渐渐靠近海域。海是汪洋大水的总汇，靠近海域的江不再别有他想——它的心愿就是成为永不干涸的水。长江三峡险峻，涛声之间隐约传来老猿的悲啼；黄河壶口瀑布大地塌陷，一派浑黄的大水从不顾一切地从天上倾倒下来；北方的江河曾经冰冻三尺，开春的时候漫江的冰排威严地驰过。这是一些雄伟而遥远的故事。现在的闽江已经抛开所有的杂念，透明，清澈，奔涌不息，以水的步伐兢兢业业地前往大海。

上善若水，利万物而不争，人们对于水多有称颂之辞。孔子赋予水各种隐喻，这一段话十分著名：孔子观于东流之水。子贡问于孔子曰："君子之所以见大水必观焉者，是何？"孔子曰："夫水遍与诸生而无为也，似德。其流也埤下，裾拘必循其理，似义。其洸洸乎不淈尽，似道。若有决行之，其应佚若声响，其赴百仞之谷不惧，似勇。主量必平，似法。盈不求概，似正。淖约微达，似察。以出以入就鲜絜，似善化。其万折也必东，似志。是故见大水必观焉。"孔子又说"智者乐水"，如此之多的隐喻恰是智者的领悟。

水可能显现出一副好脾气，谦卑柔弱，随遇而安，随物赋形；也可能一往无前，汹涌澎湃，惊涛裂岸。水时而汇聚为海、为江、为河、为湖、为池、为溪，起伏动荡；时而安于一个水洼、一个瓶子乃至一块水渍、一滴露珠，敛声屏气；水可以浩浩荡荡，至刚至强，载天浮地；也可以柔若无骨，腾云驾雾，以至于有"柔情似水"之说。晋人王彪之的《水赋》云："浑无心以动寂，不凝滞于方圆。湛幽邃以纳污，泯虚柔以胜坚。"闽江时时刻刻从寓所的窗前路过，不卑不亢，一如既往，我的叙述根据各种心情调遣不同的形容词。

五、水文往事

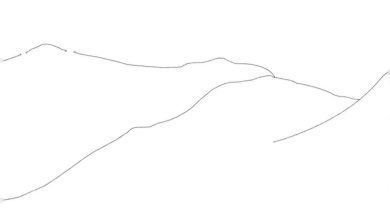

五、水文往事

1

这个城市的机场建造在海边。某些北向的航线掠过闽江出海口的上空——出海口是这一条大江的尽头。透过飞机的舷窗可以看到闽江出海。飞机起降的速度很快，察看的时间大约不会超过一分钟，而且，还得天气晴朗。

地图清楚地表明，闽江有两个出海口。两个出海口之间嵌着一个七十几平方公里的大岛，这个岛由江流带下的泥沙与礁岩混合组成。闽江驯顺地绕着这个岛的两侧无声地奔涌，形成左右两个出口。空中时间太短，通常无法看清具体地貌。我只能看到错综的水系纵横盘旋，岛上一大片平整的房子，附近若干起伏的山脉和海面一些大小不等的岛礁。一些船只正在海面行驶，船只的背后拖出一道白色的浪花。江流涌入碧绿的海水，浊黄的一团一团洇开，慢慢染成一大片，犹如一支大部队听到口令就地解散。

靠近出海口的地方，这条江被两岸连绵的山峰紧紧夹住，狭窄之处不过百来米。这一带地势险要，是守护城市的咽喉要道，山峰上许多座古炮台。二十世纪四十年代初日军进犯，军舰从海上闯入闽江溯流而上。当时我的太祖父经营一家航运公司，据说有三艘铁壳轮船。一艘被日本人抢走，一艘被日本人击沉，还有一艘自沉于闽江出海口附近，目的是阻止日本军舰的长驱直入。大半个世纪过去，不知那一条锈迹斑斑的铁壳轮船残骸是否还在江底。

2

闽江靠近南面这个出海口，江与海交汇之处的沿岸有一片狭长的湿地，接近两千四百公顷。滩涂上各种小蟹小鱼窸窸窣窣地穿行扑腾，还有一些叫不出名字的贝壳类动物。绿色的植物绵延起伏，大片红树林的树根悬空地扎入沼泽地。湿地的面积不算太小，尽管如此，人们还是无法从数千米高空掠过的飞机舷窗之中看到。

空中飞翔的候鸟却清晰地看到了。这些候鸟往返于澳大利亚与西伯利亚之间。如此漫长的空间距离，两千四百公顷的湿地如同一枚针尖大小。可是，候鸟从空中一头扎下来，准确地栖息在这一片湿地。它们要在这里休养生息一段时间。这一片湿地的常驻居民是五万只左右各种类型的候鸟。有的悠闲地漫步滩涂寻觅食物，有的把鸟喙探入水中急促地搜索，有的自在地浮在波浪之间起伏，有的把头埋在翅膀中睡觉。偶尔它们发现了险情，数千只鸟瞬间一起飞到空中，密密麻麻地遮没了天空的一角。它们在海风中一起拐一个弯，一大片挥动的翅膀和白肚子突然转了过来。

这儿有许多白鹭。白鹭分大白鹭、中白鹭、小白鹭。大白鹭长长的脖子，脖子中段有一个明显的喉结，缩起脖子打盹的时候看不见。寓所附近的四十六只大约是大白鹭。它们是从出海口的湿地移居到这里的吗?

3

周末的傍晚兴之所至地在工作室写了两幅字带回家,大约必须在江滨步行二十分钟左右。出门之后才发现,快要下大雷雨了。一团一团的乌云聚集在江流对岸的一排高楼顶上,不怀好意地探头探脑。乌云的前锋正在打算过江,晴朗的天空已经被遮去一半,一堆雷声在乌云内部隐忍地滚来滚去。我连忙开始箭步疾行。

夏季淋几滴雨算不上什么,但是,手中的两幅字肯定要毁了。这一条街道均是体积庞大的高尚写字楼,周末从不开张,无处可以躲雨。一阵疾风扫过街道，人行道两侧的树木一阵抖擞，树叶纷纷下落。它们从漫长的午睡之中醒来，抛下了多余的辎重准备对付一场恶战。我奔到一座天桥的阴影里，发现西面天空的乌云也在聚拢。

窄窄的天桥底下不足以藏身，我决定冒险前行。不远的前方有一座过江的立交桥，桥面大约十来米，桥下空间宽敞，甚至还有一个新建的集装箱式厕所。那儿是一个躲雨的去处。气喘吁吁地赶到立交桥下面，乌云还在大摇大摆地渡江。我忽然觉得雨不会这么快下来，剩下五分钟的路程不慌不忙。果然如此。待到我返回家中端起茶杯，一声炸雷凌空而下，憋了许久的暴雨一泻如注，几秒之内窗外只剩下一层厚厚的雨帘。

我对于自己的运气稍有疑惑，记起了刚刚写的两幅字。其中一幅是"诗意栖居，文心雕龙"——不文不白，半中半西。《文心雕龙》的标题"雕龙"是一个比喻。刘勰用的是驺奭的典故，雕龙绣虎，擅长文辞之喻；另一些人以"雕龙"与"雕虫"对举，古人作文有时被形容为"雕虫小技"。总之，这个"龙"字不是指掌管行云布雨的龙王。我的猜想是，江流对岸的乌云大约认得出这个"龙"字，乌云给出的礼遇是——待到"龙"字到家之后再下雨好了。

这种事可一而不可再。下一回雨天出门，即使怀抱一本《文心雕龙》，大约还是会被浇得浑身湿透，我想。

4

还得说一下江面上吹来的风。大风起兮云飞扬。午后或者傍晚，云还在江面上矜持地徘徊，风已经从打开的窗口迫不及待地挤进来了。风把窗帘绳上的扣子吹得晃动不已，一下一下敲在金属的窗框上，当当当地响，直至让人心烦意乱。

江上的来风肯定是新鲜的，没有丝毫变质。风生成于海面，沿着江流的出海口浩荡涌来，江面的波浪如同一匹长长的布料急速抖动起来。江上的来风顺路逛一逛两岸高低大小的山峰，然后顽皮地钻入一个又一个楼房的窗口。江面已经没有需要风推动的帆船，田野已经没有需要风吹拂的稻浪，护送那些缀满小灯的风筝上天是晚上的事情。现在，倍感无聊的风只好先到家家户户拜访，看看这一家的厨房，那一家的卧室。风看到了一个家伙在书房里打开电脑，屏幕上出现三个字：风来了。

北方的风尖利、刻薄，如同一把小刀把路人的脸颊割得生痛。江上的风浑厚、坦荡，面积宽大，有时如同一床棉被劈头罩下来，让人窒息一小会儿。即使在冬季，只要天气晴朗，风立即带上了暖洋洋的气息。所有的语文老师都愿意教一句诗：春风又绿江南岸。到德高望重的人家做客，一句客气话是"如坐春风"。与和煦的春风不同，夏季的台风是盛大的演出。太平洋上那些打转多日的气旋大踏步登陆上岸，一只饥饿的狗熊终于肆无忌惮地闯入玉米地，周围噼里啪啦响成一片。台风降临的时候，寓所里任何一个细小的缝隙都会发出或高或低的尖利啸声。如果冒险将窗户打开一半，屋里轰地一下膨胀起来，各种纸片纷纷坠落，晾晒在阳台上的衣物如同一群受惊的麻雀急速飞去。多数时候，台风携带大量的雨水。一个掌管农业的官员说，闽地每个年度最好要有两个半台风，否则，这一年度的下半年就会出现干旱。半个台风怎么算？这里的人们喜欢的是，台风从数百公里之外的地方路过，抛下一些雨水，带走一些炎热，那些骇人的大风就不必进门了。

江上的来风当然也会穿过江滨深入到纵横交错的市区去。市区的高楼鳞次栉比，风在楼群之间绕来绕去，很快开始迷路，终于无所作为地停下来了。另一些风运气好一些，沿着大街小巷四处乱窜，每一个街角都要上前嗅一嗅，如同一个拾垃圾的人；偶尔遇上几扇打开的窗户，风只能像窃贼那样探一探头。现在多数人家已经安装了空调机，屋里的空气稳定恒温，没有人愿意接待这些莽撞的不速之客。市区的街道上热浪滚滚，汽车排出的废气占据了大部分空间，还有诸多莫名其妙的管道不断地输出各种不明身份的气体。风无法与之它们抗衡，一部分找到马路两侧的阴沟钻入地下，另一部分升到空中就地解散。这时，冒失地从江上潜入市区的风终于遭到全歼，相似的情节只好等待明天午后重复上演。

5

那一天看到了江面的水警执法。两艘巡逻舰顶上的警灯不断闪烁，甲板上巡警的半导体喇叭厉声吆喝。巡逻舰迅速分头包抄过来，逼停了江心的一艘挖沙船，船上的工人很快就范。片刻之后，两艘巡逻舰一左一右挟持住挖沙船，并排驶向下游，看起来如同街道上三个勾肩搭背的好朋友。经过一座大桥的时候，三艘船一起减缓了速度，仿佛在打量能不能肩并肩地挤过桥墩之间的桥洞。挖沙船不时发出低吼，烟囱冒出一团一团黑烟，不服气似的。我猜挖沙船并非企图逃跑。逃无可逃，江面的挖沙船不可能像一只兔子隐伏在茂密的草丛中。

江底的细沙可以充当建筑材料。挖沙船使用机械设备将江底的沙子源源不断地挖掘起来，继而传送、筛选一气呵成，现成的产品立即可以兑换为现金。可是，挖沙可能破坏河床的生态环境，毁弃水下生物的栖身之所，同时，过量的挖沙还会影响堤岸的稳定。因此，未经报批的挖沙船时常成为巡逻舰锁定的目标。

我突然记起一件往事——四十多年前，我也曾经给建筑工地卖沙子挣过一笔小钱。那时我是江边一个小村庄里的知青。有一段时间，年轻人之间开始流行白色运动鞋——俗称"小白鞋"。小白鞋不仅时尚，而且还包含另一些复杂而模糊的涵义。小白鞋往往表明身手矫健，那些懂得三拳两脚的人通常穿一双小白鞋；另一方面，小白鞋还可能是某种帮派的标记，想动手打架的家伙多半必须掂量一下后果。知青出门在外，脚上一双小白鞋多少可以吓唬江湖上那些不怀好意的歹徒。

当时，一双小白鞋的价格大约四到五元。对于知青说来，这是一笔很大的开支——田间劳作的每个工分少则两分钱，多则五分钱。即使每一日挣足十个工分，不过三五角钱。一个知青联系到一个需要沙子的建筑工地，我们决定依靠江边的沙滩挣回这一笔费用。我们向农民租来几辆板车，利用中午时间往工地运送沙子。三伏时节，所有的人都打赤膊，正午的猛烈阳光蜇在背上如同众多虫子同时叮咬，崎岖的泥路上几个家伙拉着一板车一板车的沙子飞跑。大约十来天，所有的人都如愿搞到了小白鞋。当然，每个人都被晒得脱了几层皮。一个家伙招呼我们到他房间看一看。他居然把身上揭下来的皮一块一块地仔细收藏下来，完整地拼出一个人体的上身形状。看着地上那一层开始发黄的皮肤，我有些恶心。

6

山顶崎岖的土路旁边即是向下倾斜的山坡，山坡上一片密密的树林。透过摇曳的树梢和叶子，可以看见远处的闽江，江水倒映着天空一团一团的白云。

身后就是养猪场。已经听到了猪的尖锐嚎叫和愤愤不平的呼噜。空气中有猪粪的味道。但是，这是处理过的臭味，带了一些发酵的气息，不那么呛人了。进了养猪场，先去看一看如何处理猪的粪便。我们看到了一台简单的机器，一些铁皮的管道和漏斗组装在一起。猪的粪便进入了铁皮的管道，机器轰鸣，从漏斗出口出来的已经是干燥的褐色颗粒。这是上好的肥料，据说已经找到了买家。当然，配备一台机器价格不菲。猪肉的价格起伏太大。如果价格跌下来，一台机器的运行成本可能无法回收。这个养猪场是处理粪便的标兵，添置一台机器的意义是让参观的人放心。养猪场修建在半山坡，一层一层的台阶用水泥抹得整整齐齐，拐角还隆重地摆上两盆塑料花。一个脸色黝黑的小伙子担任讲解，他是管理好几个养猪场机器的技术员。小伙子满头大汗，衬衫湿了一半，口气十分自信。

相对于我所居住的城市，这儿是闽江的上游。这一段时间开始整顿上游的养猪场。我意外地从资料中获悉一个知识：一头猪每日的排泄量相当于十五个人。如果养猪场饲养两万头猪，相当于上游突然增加一个中等县城。江边山地的租金便宜。猪肉紧俏的时候，这一带陆续冒出了许多养猪场。一些养猪场的粪便直接排入江水之中。下游的居民当然愿意吃到猪肉，可是，他们担心肉汤之中冒出猪屎味道。没有人相信上百公里的江水能够真正稀释几万头猪的粪便。当地政府信誓旦旦地许诺，仍然保留在江边的养猪场均已配备了处理猪粪的自动化装置。

养猪场的猪厩分割成上下两层。楼层的地板是镂空的。肉滚滚的猪待在上层，或卧或立，一副目空一切的神情。它们的排泄物透过地板的空隙落到下层，很快被水槽里漫出的流水冲走。留在厩里的猪不算多，这一阵猪肉市场十分景气。那些猪面对将来要吃它们的人没有流露出丝毫惊慌。几头猪若无其事地哼哼，低头觅食，坦荡地排泄屎尿。它们轻蔑地想，无论是举行进食还是排泄竞赛，眼前这些自以为是的家伙大约远远不是对手罢。

　　返回的途中，我突然记起一首诗，不禁哑然失笑——

　　　　我住长江头，君住长江尾，日日思
　　君不见君，共饮长江水。

7

另一件事距今大约三十年了——

清晨，我们坐上一部大巴，沿着江岸溯流而上。大巴行驶了五六个小时，抵达闽江上游的一个小镇。我参加一个督察组，此行是检查镇上的一个小造纸厂。

造纸厂建在闽江支流的一条小河旁边。很长一段时间，工厂的废水未经处理就直接排入小河。每隔一段时间，下游的河水变成暗红色，翻起白肚的死鱼漂流两三公里。下游的村庄与这个小镇已经发生几次械斗。某一年腊月二十九，下游村庄的几十号村民突然包围造纸厂，强行带走了厂长。他们没有动手动脚，而是将厂长关在一间屋子里，用暗红色的河水煮饭，逼迫厂长连续吃到正月初二。当然，强行拘禁涉嫌违法，厂长被迫写下了保证书之后返回。不出所料，事情并未解决。告状信雪片一般地飞向省城，我参加的督察组是对于告状的一个回应。

造纸厂规模不大，旁边一个废水处理池，池里的污水浮着泡沫。督察组的一个化学教授上前看了看，废水处理池设备齐全，但是多时未曾启动。处理一吨废水的成本需要一角多钱，造纸厂不愿意支付。有时，造纸厂将废水囤积于旁边山坳的一个大池子里，待到洪水季节趁乱排放到河水之中。这个大池子甚至没有使用石块和水泥砌成边缘。废水渗到山体之中，一部分山坡开始变红了。

事情已经拖延了很长一段时间。停业整顿还是彻底关闭？督察组的结论将会严重影响造纸厂的未来。现场气氛有些紧张。造纸厂的四周围了许多当地民众，当然包括厂里的工人。他们默不作声地看着督察组，眼神闪烁。围观人群的内层站着几个维持秩序的警察。我隐约听得出警察用本地话低声警告周围的人：不要打什么歪主意，不要想干什么。冲击了督察组，那是要坐牢的。

人群的外围突然出现了一个衣衫褴褛的家伙，头上戴一顶过时已久的军帽。肯定是造纸厂的工人，但是，他不明白正在发生什么事情。他突然张口大吼起来，骂的是造纸厂的厂长。他说已经欠了三个月的工资了，你这个王八蛋还想拖到什么时候。老子连买菜的钱都没有了。他一个人在那儿大喊大叫，所有的人都扭头看着他，没有人上前劝阻。

　　如果关闭工厂，这些人靠什么挣钱吃饭？我的心里突然难过了起来。

六、载 一 船 烟 波

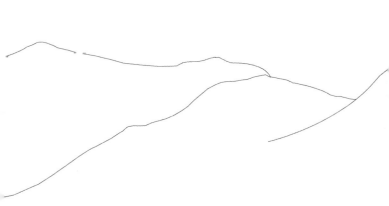

六、载一船烟波

1

江上似乎已经看不到那种鼓起一张大帆昂然而行的平底木船了。平底木船的船头、船尾都翘起来，用鲜艳的五彩绘上花鸟或者神仙人物，寓意平安吉祥。但是，木船扬帆启航的时候，就是那一张鼓鼓囊囊的大帆最为惹眼。所有的风都吹向这里，无形的气力涌了出来，贴着水面疾行的船只仿佛想飞起来。有的船小一些，船尾的橹显得格外长，甚至比船身还要长。站在船上摇橹的艄公似乎只是短短的一小截。

当年江上许多连家船。船只五六米长，宽约三米左右，船的首尾尖尖地翘起来，中部有一个拱形的篷席遮风避雨。船的前舱装载一些货物，后舱放置衣物、食品等日常用品。一条连家船即是一家船民的生活空间。退潮的时候江岸附近水浅，载货的大船不易靠上码头，小巧的连家船穿梭于大船与码头之间转驳。停泊歇息的时候，船只旁边长长的竹竿垂直插入水底，防止船身漂移；或者用麻绳将船只固定在岸边。百十条连家船常常并排停泊在江岸的一侧，一大片叠连起伏的拱形篷席让人觉得是一大片城市瓦房的屋顶。连家船的炉灶搁在船尾。煮饭的时候，几缕炊烟从众多拱形篷席之间袅袅升起，江风拂过，江涛起伏，一大片拱形篷席突然晃动起来，如同一大片城市开始在水天之间漂浮。

2

我入住江滨的一家宾馆开会。这儿距离出海口更近了，江面开阔。

宾馆窗口下面的百余米处裸露出江边的一大片滩涂，中午正是退潮的时刻。阳光直射，滩涂上搁浅了八九艘大木船。木船上似乎装满了东西，底部陷到了滩涂的泥土之中。我觉得应当有人住在船上，不至于将这么多东西扔在船上扬长而去。一艘木船的船舱窗口，一块绿色的帆布窗帘被江风刮得啪啪地响，抖动的影子投在滩涂上。我总觉得主人正在船舱里睡午觉。然而，我站在窗口半个小时，始终没有看到船上有人走动。滩涂与江岸有一段距离，船上的人怎么上岸？蹚过滩涂肯定要湿半条裤子。

滩涂上方是横江而过的一座水泥大桥。桥上的众多车辆飞驰而过。上午我的车子也是从这座桥上过江来到宾馆。

傍晚我又站到窗口，江水已经涨起来了，几条船浮在江面。桥墩的影子斜斜地投下来。是不是少了两条船？我后悔中午没有数一数。如果有的船开走了，那么，船上肯定住了人。

次日临近中午的时候，我再度来到窗口。那些木船又搁浅在滩涂上，排列的形状似乎与昨天有些差异，那一块绿色的帆布窗帘仍然在江风中翻卷。我始终无法确认这些木船里是否有人。下午我就要离开宾馆了，水泥桥上的众多车辆还是倏忽往来，桥下仿佛是一个被世界抛掉的角落。

3

傍晚从窗口看到一条舢板横着漂过斜晖脉脉的江面，舢板的速度就是水流的速度。似乎两人在舢板之中相对而坐，船桨拖在水里一动不动。漂流了百十米之后，舢板如同一条睡醒的鱼活了过来。船桨活动起来了，左一桨右一桨，舢板端正了方向，加速向下游划去。是不是舢板上的两个人终于抢到了片刻的消闲？够奢侈了。

仿佛很久很久以前，人们可以平躺于小

舢板，随波逐流，仰望天上的浮云，"卧看满天云不动，不知云与我俱东"。如果有一个篷舱，来了雨也不要紧，不妨躲入篷舱听雨。周作人写过这种事情。坐在小舢板上赏月也是乐事。扁舟一叶，皓月当空，"悠然心会，妙处难与君说"，"不知今夕何夕"。看云，听雨，赏月，俱是与天地山水浑然一体，小舢板或动或静，无可无不可。然而，现在还有谁可以一心澄然，逍遥于天地之间？

当然，江上还时常可以见到小舢板，小舢板上一个黝黑的艄公。多数艄公不再欸乃地摇橹。小舢板安装了马达。啪啪响的马达冒出一缕青烟，小舢板驶得飞快，背后拖出一条长长的扇形水纹。这时让人若有所失，仿佛古老的风味遭到了破坏。可是，黝黑的艄公接了各种生意，说定了几点赶到哪里交接。江面上讨生活，没有啪啪响的马达如何来得及？

那天见到两条舢板慢悠悠地从大桥的桥洞下面穿出。舢板的后部支起一顶蓝色的大伞，伞下一个人影端坐不动，船头站一个人，头戴斗笠，手持长长的竹篙，远远望去，似乎在江里打捞什么。我突然察觉到一丝时光遥远的气息："青箬笠，绿蓑衣，斜风细雨不须归"——然而，待我定睛看清舢板中央三个黄、绿、蓝的塑料桶，立即意识到自己想得太多了。舢板上是江面的保洁员。他们正在打捞水面的垃圾，三个不同颜色的塑料桶用于垃圾分类。

4

仲夏季节，我时常听到江上传来的鼓声：嗵，嗵，嗵。然后，一声声整齐的号子由远而近：嘿，嘿，嘿。这时，肯定是一艘龙舟刚刚经过窗口的江面。端午节即将来临，龙舟竞赛是一个众目睽睽的传统节目，附近几个村庄早早开始了训练。竞赛的那一天，沿江两岸挤满了观众。一声号令，鼓声急促地响起，几条龙舟箭一般地冲出。江面波光粼粼，两岸呐喊如潮，整齐划一的挥桨动作，并驾齐驱，一马当先，冲过终点之后欢声四起。回到村里的时候八仙桌上的宴席已经就绪。大块肉、大碗酒和猜拳的吼叫，人们仿佛为这一刻积攒了整整一年。

龙舟竞赛是一个集体项目，所有的人都放弃了独特的个性而重复共同的动作。船首的龙头高高昂起，舵手笔直站立于船尾，鼓声与心脏的跳动同一个节拍，共同的挥臂如同急速转动的连杆机械。无论船上几条手臂，江水之中木桨的一起一落犹如一个人。篮球或者排球这些集体项目预留了每一个球员独立创造的空间，然而，龙舟竞赛只有一个如同铸造出来的完整集体。

　　划龙舟，吃粽子，然而，龙舟上的那些壮汉对于屈原不甚了然。"飞龙在天"，龙舟竞赛源于拜祭龙祖。端午的太阳移到了天空的中心，光芒四射，一切魑魅魍魉无所遁形，这是祈福辟邪的特殊时刻。龙舟代表了阳刚之气。龙舟竞赛的胜负涉及一个村庄的声誉。附近村庄有"老婆无第一，龙舟无第二"的嚣张说法。夸耀自己的老婆为第一美人，有失谦和中庸的君子之风；但是，遇到龙舟竞赛的时候，榜首的位置就不必再商量了。

竞赛过后，龙舟时常晾干收藏起来。我时常路过的一条街道旁边盖了一座红柱灰瓦的小阁楼。阁楼天花板垂下的铁链上悬挂两条龙舟。龙舟几近圣物，不可风吹日曝，而是要供奉起来。这几日龙舟已经取下来了，不知正游弋于哪一段水域。

5

龙舟的出现使整条江上急促起来。机船还未出现之前，龙舟代表了水中的最高速度。龙舟速度并非个人所为，而是村庄里最为强壮的男子共同制造的。

村庄之间的龙舟赛事至为重要。昔日的龙舟比现在讲究得多。整条龙舟刷上白色油漆，描上一条龙，再画一只凤。龙舟前面的龙首是出征之前安上去的。必须有一个龙首的祭拜仪式，水果三牲，焚香叩首。香烟缭绕之中一阵响亮的鞭炮，然后抬出龙首沿街游行。龙首瞪圆鼓出的两眼，威风而且狰狞。昔日往往有一个人站在船头挥舞龙旗与嗵嗵的鼓声一起控制划桨的节奏。他的身体一伸一缩，如同醉人的摇摆舞。

龙舟赛事产生纠纷是常有的事。相互碰撞甚至翻了船，挥舞木桨对打。对于名次的排列有争议，一气之下将锦旗扔到了江里。

一个大老板出钱赞助家乡的龙舟赛事。颁奖时他才发现，自己的村庄居然不是第一名。他接过亚军的奖杯用力掷到主席台下面的江水里，在一片哗然声中扬长而去。比赛的是龙舟，没有点脾气哪行！

6

很久以前，我已经听熟了龙舟竞赛的鼓声。当时寓所附近的街道时常出现一辆黄鱼车。一个小伙子前面蹬车，另一个小伙子坐在车斗里敲鼓，嗵嗵嗵。黄鱼车转入一条巷子，一会又从另一个路口拐出来。我始终以为是推销某种商品的广告，但是，黄鱼车上没有任何货物。江边见到了一条龙舟穿过薄雾翘首而来，我立即从龙舟的鼓声回忆起这一辆黄鱼车。然而，我迄今仍未弄清的是，那两个小伙子为什么在黄鱼车上敲鼓——是练习充当一个鼓手，还是借助鼓声提醒一个龙舟的季节即将到来？

寓所旁边的内河里居然传来"嘿嘿嘿"的号子。两只小号的龙舟疾速驰来，每条龙舟上四个赤膊的汉子挥桨如飞。这是什么节目？今年的龙舟竞赛已经结束，明年竞赛的训练显然太早了。通常的情况是，这几个赤膊的家伙在酒桌上斗嘴，各自夸耀划龙舟的战绩。没有人愿意在如此重要的话题上后退，私下的对抗赛不可避免。凑不齐足够的人数，那就特制两条缩微版的龙舟一见高下。小号的龙舟无法抗衡江上的风浪，竞赛移到狭窄的内河。除了龙舟竞赛，还有什么能展示男子汉的肌肉、豪迈和一往无前的气概？

一个人戏谑地说，划龙舟是男人的广场舞，任何季节都能上场。

事实上，龙舟的训练从小就开始了。看到一张照片，一批十来岁的赤膊男孩正在学习划龙舟。尽管胳膊上还没有肌肉，胸前的肋骨一根一根地凸现出来，但是，他们咬紧牙关，动作整齐，船沿的水花仿佛要溅到照片之外来。

7

夜幕之中，沿江两岸的斑斓灯带已经亮起来，几幢大楼的幽蓝灯光如同几扇光影闪动的屏风，江流无声流淌。这时，我突然听到"嗵嗵嗵"的急促鼓声与"嘿嘿嘿"的呐喊。这时还有人划龙舟？与明亮阳光之下的江面不同，鼓声与呐喊失去了坚实刚硬的回声，仿佛有些空洞，有些虚张声势，很快被另一种巨大的气氛吸收了。

我站到阳台上搜索龙舟的踪迹，始终没有看到。声音忽远忽近，似乎正在畏葸地躲避两岸灯带不屑的眼神。我正要转身离开，忽然瞥见一条龙舟的小小剪影从桥墩底下的反光里悄然滑过，船上的几个人影凝固不动。他们觉得走错了地方吗？——我第一次看到羞怯得如同处女一般的龙舟。

8

忽然记起来了，我似乎见过"花船"——

是这个名词吗？文雅的称呼是画舫灯船吧。

　　有一回路过上游的江滨，看到一段江面突兀地泊了几条木船。江面静静的，附近没有码头，远远望去，小木船仿佛比擀面杖略粗一些，船上一个竹编的篷舱。一个同行的伙伴肯定地说，这是花船。他让我仔细看，篷舱旁边果然悬挂一盏小小的红灯笼。

　　古代的小说时常羡慕这种情趣：明月如霜，泛舟湖上，几碟小菜，若干文人，一位美人与一支琵琶，风流与文采携手而行。然而，小小的花船已经删除各种多余的雅趣。篷舱里只放得下一副被褥，事情变得非常简单了。木船激烈地摇晃起来了，漾起的波纹一圈一圈地荡到岸边。水面平静下来，就到了付钱的时刻。付钱之后即可离去，不会再有什么后续的故事。

如此小船容不下第三个人。那么，女主人公即是船老大吗？或者，几条木船互相照应，船老大在另一条船上待命？

泊在江面的木船没有任何动静，水面映出了两岸的青峰。天清气爽，风和日丽，怎么会有这种勾当？我对于同行伙伴的判断表示怀疑。他内行地笑了起来，拍了拍我的肩膀表示，那是晚上的事情。瓜田李下，如此地带不宜久留，我们还是尽快离去罢。

9

查阅了资料才知道，水泥船的使用非常普遍。钢筋或者钢网扎成各种型号船只的框架，然后倒上水泥制成船只。这种船只造价低廉，可以充当农船、渔船，也可以作为游艇或者工程运输船。水泥船坚固耐久，不易腐蚀，明显的缺陷是自重太大。

江里洪水暴涨，水流汹涌。风狂雨骤之际，上游的一个码头告急：十余艘水泥船突然挣断了缆绳，正在急速向下游漂去。沉重的水泥船如果撞上大桥的桥墩，可能造成严重的后果。上游码头与大桥的距离大约十几公里，必须在这一段江流截住十余个鲁莽的恐怖分子。

众多快艇立即出发，在江面包抄和堵截失控的水泥船。如何驯服洪流之中的野马——如同骑手一样高高地抛出套马索吗？总之，大部分的水泥船被拦下来了，但是，两艘漏网的家伙仍然疾速向下游挺进。

现在只能求助于军事打击了。在水泥船抵达大桥之前，运用炮弹予以摧毁。我的想象拟定了三种方案：出动炮艇击沉水泥船，出动战斗机实行空中打击，站在岸边的射手肩扛火箭炮进行攻击。炮艇或者战斗机的空中打击如同电影镜头，似乎太夸张了；还是将任务交给岸边的火箭炮射手较为合适。

事实上，我并不知道事情如何解决。总之，大桥的桥墩安然无恙。

10

站在寓所的窗口就可以看见，不远的江滨泊着一条舰艇。长年累月，从未见到这条舰艇启航。夜晚降临之后，舰艇上看不到一丝灯光。

沿江散步的时候，我会走过去看一看。那儿不是码头，舰艇上的几根缆绳牢牢地拴在地面的铁砧子上。那几个铁砧子仿佛专门为这一条舰艇埋下的。舰艇的船舷悬挂几个橡胶轮胎，避免与江岸直接碰撞。舰艇上阒无人迹。顺着缆绳似乎可以攀上舰艇的甲板。可是，上去干什么？我猜想，窃贼都懒得动这个心思。每一回路过，总是觉得舰艇的深灰色油漆又剥落了一些，栏杆或者驾驶室窗口的生锈面积又扩大了。

很多年以前，我曾经在异国路过一个港湾。那个港湾停泊了数十艘因为老迈而废弃的舰艇。我立即联想到森林里的象冢。据说非洲大象行将死亡之际，会独自来到森林之中的一个秘密所在，默默地躺下等待最后的时刻。人们曾经偶然发现，森林之中的某个地方堆满了大象的遗骸。那些老迈而废弃的舰艇如同大象一般庄严地死去，港湾是接纳它们尸骸的地方。

然而，这一条舰艇死了吗？一具尸骸怎么会孤伶伶地抛在路边？一个奇怪的谜团。或许，这一条舰艇不过被遗忘了。如同一只怪兽，它在江滨进行漫长的冬眠，身上长出了青苔。点火启航的梦想仍然贮存在驾驶舱里，不会遭受斑斑锈迹的腐蚀。说不定哪一天，水下的螺旋桨又会亢奋地旋转起来，舰艇将挣开缆绳鸣笛而去。

11

夜晚的时候，江滨散步的游人突然发

现，江岸旁边停泊了几艘军舰。这一段江流已经深入市区，江面狭窄，以往从未见到军舰抵达。前面数百米即是一座跨江大桥，桥墩的高度无法通过军舰。所以，这个地方大约是军舰的终点线。江岸上高低错落的一排商业大楼，巨大的 LED 广告牌正在播放小轿车与笔记本电脑的彩色广告，闪烁的灯影斑驳地投射到军舰的舰身上。

众多游人趴在江岸的栏杆上指指点点，或者用手机拍照。这些军舰并未打算避开人们的耳目。或许相反——这些军舰就是来进行某种展览的。我数了数，一共七艘军舰，每一艘军舰之间仅有小小的间隔，一抬脚就跳得过去。军舰甲板的宽度比预想的要窄一些，炮衣并未卸下。一艘是登陆舰，另一些舰种认不出来。

相对江岸上的喧闹，军舰静默无声。只有一条军舰舱门口的灯光里站着一位哨兵。另一些军舰隐在黑黝黝的暗影里，一盏灯也没有。有人吗？士兵们总不会集体上岸购物吧？当然，没有人觉得这些军舰睡着了。它们犹如伏下身躯的猛兽无声地趴在那里，随时会一跃而起。

第二天早晨可以从寓所的窗口看到，泊在那儿的军舰组成一个绿色的方阵，一艘军舰高高的桅杆飘扬一面旗帜。中午又从窗口望去，军舰已经消失。与来临一样，军舰的离去同样无声无息。空荡荡的江边如同什么也没有发生过。

12

我与几位伙伴乘坐一艘私人游艇沿江顺流而下。

一些富翁添置了私人游艇，组成俱乐部。一批私人游艇共同聚集于某一个专享的码头。有时，富翁需要一些乘客证明自己的成功。我和几位朋友荣幸地入选。

游艇的甲板上江风扑面。我记起了第一次乘坐敞篷大卡车，那时还是一个刚刚长出胡须的少年。我舍不得进入卡车驾驶室，而是笔直地站在驾驶室背后的车厢里，恨不得街道两旁所有的路人都看到我潇洒地笔立于卡车上，哪怕寒风吹得两颊发痛。可是，江岸距离太远了，主人与我们这些乘客都有些失落。

两岸矗立的楼房和山峰渐次掠过，我们陆续从甲板撤入游艇的船舱。下游的江面愈来愈开阔，疾速向前的游艇劈开了翻涌的波浪。主人自豪地说，这艘游艇甚至可以出海。游艇的底部不是平的，而是一个吃水很深的锥形，不惧通常的风浪。游艇由一个专门水手驾驶，操作似乎远比汽车驾驶简单。当然，我不敢造次，尽管很想申请当一会儿水手。

日后我终于在一个航海学校的驾驶模拟舱里获得了驾船体验。虚拟的船舱窗外风浪大作，站立的甲板颠簸摇晃，我驾船停靠一个著名的海港。长长防波堤，两幢高耸的钟楼，这些景象均是那个海港真实景象的再现。我左右急速地旋转舵轮从缺口驶入，终于缓缓地将船只靠上码头。离开驾驶模拟舱之后，工作人员及时地把教室的门锁上。我一转身就忘了那个海港的名字。

七、恣意浮沉

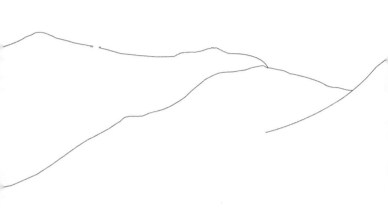

七、恣意浮沉

1

　　我学会游泳是从仰面漂在水上开始的。很久以前的事，那时我是一个贪玩的少年。是在这条江里学会的，当然。那时的城市已经有了游泳池，多数是水泥砌的，从旁边上岸时肚皮或者大腿不小心会被磨出一片血痕。游泳池里的水很久才能换一次，新换的满满一池水散发出刺鼻的漂白粉气味。进入游泳池要花钱购票，还要事先用自来水冲洗自己的身体和头发。必须有一头湿漉漉的头发才能证明的确是讲卫生的好孩子。如此啰嗦，气人。我们当然愿意到江里去，省下的零钱可以买两根冰棒犒劳自己。听说现在的孩子早早就进入游泳培训班，他们的教练至少是亚运会冠军，收费高得令人咋舌。培训班之中每一个手指的划水动作都已精心设计过，身体的所有肌肉如同一台精密的机器按部就班地运动。当然，这种训练肯定放在洁白的瓷砖黏成的标准泳池里。

我的游泳教练是父亲。他不会标准的蛙泳或者爬泳，也不是狗刨式，反正手臂一挥就向前游去，喘气的嘴巴不断地向外喷水。父亲仅仅教我，让身体绷紧躺平，即使下沉也坚定地保持这种姿势，很快就会浮起来。于是，我坚定地躺平，并且把头没入水中，水流哗哗地从耳边经过，我听到了水中的一种特殊的轰鸣。这是一条大江体内的声音。大江心脏的有力搏动驱使江水奔涌不息，尽管我不知道大江的心脏在哪里。躺平的身体开始沿着江流向下漂去，我一翻身转过来开始划水，双脚一蹬一蹬，这即是游泳了。一开始就学会了蛙泳。爬泳是很久以后学会的，不怎么喜欢。侧身挥臂的时候，水老是从耳朵灌进去。

我太太说，她的游泳也是跟父亲学会的，地点是在这条江的一个支流。那时四五岁吧。她也很快学会蛙泳，只是一时无法仰起头来。父亲——后来我的岳父——笑呵呵地搓着身子与一群人站在江里说话，水流漫过胸口。太太对准父亲扑腾扑腾地埋头游过去。因为无法仰头，水中的距离估量出现偏差。她以为已经游到父亲身边了，一抬头发现还差得远。这时的双脚已经踩不到水底，她慌了神，独自向下游漂去。父亲并未转过脸来，幸亏一个同事偶然发现，大声惊叫起来。父亲连忙扑上前，将她一把捞了回来。

2

这一段开阔的江面被开辟为游泳场。岸上一片起伏的沙丘，一丛一丛的茅草，十几棵龙眼树绿荫如盖。父亲让我把外衣和鞋子放下一棵树下，然后沿着长长的台阶下到江里。父亲教我先往胸口泼几捧水，适应江水的温度。在他的陪伴下，我慢慢地往江水中央挪动。走着走着，突然脚下一空。沉下去的一瞬，我蹬了一脚江底的沙滩浮到水面，跟随父亲游起来。游泳场靠近江心拉起一条长长的绳子，绳子上串起一节一节的大竹筒作为浮标。我摆开架势往竹筒浮标游去。湍急的江流不断地把身体冲向下游，游到浮标的距离比预估的长许多。趴到浮标上的时候，我已经开始喘气。父亲警告我，不能游到浮标之外。江心的水流捉摸不定，贸然闯出去很容易被阴险的漩涡带走。江心一条大船驶过，竹筒浮标在船尾带起的涌浪大幅度起伏。这是我熟悉的游泳池无法提供的快乐。

如果没有时间陪同，父亲不允许我到江里游泳。不时可以听到哪里的孩童溺水而亡的消息。当然，那个年龄段不可能如此听话。我曾经多次与几个小伙伴偷偷下水。他们回家之后免不了挨揍。我惊奇地问，他们的父母如何发现的？据说有一个屡试不爽的检验方法：只要在江水里泡一小段时间，皮肤上就会留下记号。父母用指甲在小孩的胳膊上轻轻划一下，皮肤上显出一条白道，这个家伙肯定就是下过水了，抵赖也没有用。父亲从来没有用过这个方法测试。不知道是他消息闭塞，还是故意睁一只眼闭一只眼，不想认真管束我。

3

俯身扑到水流之上再仰起头游泳，江面一下子开阔了。远处水天相连，几团浮云仿佛直立起来。江岸沙丘起伏，龙眼树在风中摇晃。江里的游泳自由自在，随性翻滚，哪一种游法都无所谓。强大的水流涌动而下，逆流而上无法游很长的距离。放弃抵抗之后，江流托着人体向下漂去。漂得够远了，干脆爬上岸来，返回到原处重新开始。当然，仰泳最为惬意。这时才真正地望见天空。薄云如翼，阳光温暖地晒到江面，清风徐徐，水波有声——唯一担心的是，不要睡着了。

蛙泳、蝶泳、爬泳，还有两臂向后挥出的仰泳——还是不要重复游泳池里的标准动作吧。盛住一池摇摇晃晃的清水，红色的绳索隔出一个个泳道，穿上特殊材料制成的泳衣，忐忑不安地站到一个数码上面。一声令枪骤然响起，规规矩矩地匍匐在指定的泳道，按照规定的动作争取零点一秒的胜利。无趣。不知什么时候开始，游泳如同机器人根据统一的口令做广播体操。身体漂浮于江上，随波逐流，蹬一蹬腿或者挥挥手臂都拥有游泳的名义。机器人一般的僵硬刻板怎么对得起川流不息的波涛？

4

太太说她曾经横渡闽江。当年我也存有这种念头，可是没有如愿。那时大约十三四岁。"廉颇老矣"，此生大约不再尝试。

游泳场附近偶尔有人下水渡江。这一带江面宽阔，三四百米左右；由于江流的冲击，渡江不得不游成一条斜线，大约六七百米。我自认为有把握，但是，父亲不允许我冒险。江心的紊流变化莫测，我的游泳经验不足以对付。他看出我不服气，居然用另一个简单的理由阻止了我。父亲说，对岸是一片荒凉地带，只有几个沙丘和几棵树，不可能从对岸乘坐公共汽车回家。因此，我只能再从对岸游回来。来回两趟，体力够吗？我看了看自己细细的胳膊犹豫起来，终于知难而退。

某些特殊的纪念日，一些机构曾经组织渡江活动。一大堆人骑着自行车，扯着一面红旗嘻嘻哈哈地来到江边。一声令下，他们扑通扑通地跳进江里。六七条舢板前后护驾，游不动的时候可以爬到舢板上。年轻的时候，我从未获得参加这种活动的邀请；现在不再听说还有这种活动。

胳膊上的肌肉已经衰老，这条江上架起了许多大桥。这两件事同时发生，而且彼此联系起来了。我还是坐车或者走路从桥上过江吧。除了如此安慰自己，还能怎么样？

5

当年从未想到，可以在窗口竟日与这条江无言相对。

匆匆忙忙赶到江边，迅速脱下衣服卷成一团放在龙眼树下，两只拖鞋搁在上面，不放心再搁上一块砖，然后争分夺秒地跳到江里。午后的太阳刚刚还明晃晃地悬挂在天上，怎么就要沉到起伏的山脉背后了？发凉的江风吹得皮肤开始起鸡皮疙瘩，只得恋恋不舍地上岸回家。一个夏季过去了，所有的小伙伴都晒成一条条泥鳅。怎么可能？——居然有一天仅仅愿意坐在临江的窗口而不跳到江里去。

坐在窗口觉得，这条江隔得多远呵。下

楼，出小区大门，还得穿过一条马路，然后是一片江滨公园，还得下好几级台阶才能碰到江水。要用脚趾头在江里撩出一个水花吗？无聊。

谨遵医嘱，锻炼身体。不是有健身房吗？健身房里配备了各种器械，譬如跑步机，或者原地不动的自行车。我们愿意和零件装配起来的器械打交道。器械上那一块小屏幕会显示出刚才消耗了多少卡路里。对了，医生也说游泳是最好的运动方式。那么，到游泳池去吧。游泳池里的水蓝汪汪的，弥漫出消毒水的气味。这条江有什么味道？想不起来，太久了。

6

　　偶尔在江滨遇到一群玩无人机的少年。他们熟练地操纵遥控器，无人机呼的一声从地面起飞，悬停在半空，然后忽左忽右，灵活得如同一只大蜻蜓。另一种无人机是体验式的。戴上一副VR眼镜，安装于无人机的摄像镜头转换成VR眼镜之中的视野。这种无人机可以疾速蹿到空中，也可以贴着地面飞行，甚至从一个小小的孔道里钻过去。

　　他们利用无人机上的摄像机拍摄了许多照片与视频。没有无人机，人们不可能从容地在高空俯瞰这一条大江。江流回旋，两岸密密匝匝的楼房如同一簇又一簇的珊瑚，几座跨江大桥像是细细的火柴杆搭起来的。无人机开始下降，两岸的璀璨灯带、通体晶亮的大楼和路面上连成一串的车灯。落地之前，无人机顺便拍一下江滨大楼四十层办公室里的人正在干什么。

这些少年言辞老成，一副什么都懂的神气，对于遥控器屏幕上的各种符号如数家珍。我们聊了一会儿。我突然想到，问起他们哪一个曾经在这条江里游泳过。没有。没有哪一个人表示出兴趣。没有哪一个人关心这条江的潮汐、滩涂、洪水、白鹭。没有人想把身体泡在江水之中，挥臂击水，听一听浪涛拍打在脸颊上的声音。他们双脚站在江滨，看到的江水却是收缩在摄像器材的镜头里面的。他们拥有的是空中视角，没有水面的视角。

7

夏日的清晨，偶尔可以从窗口见到晨泳的人从上游漂浮下来。他们通常三四人结伴而行。远远看见江心几团水花四溅，靠近的时候可以看清挥臂的游泳者。他们身后六七米的地方往往浮着一个救生圈，救生圈用绳子系在游泳者身上。我想，这是合理的设计。

我记起了一个悲剧。以前居住的社区里有一户令人羡慕的人家。一对夫妇职业体面，收入丰厚，他们的儿子懂事听话，而且学业很好。爷爷奶奶和他们住在一起，爷爷是一个数学家。夏季的傍晚，爷爷都要和孙子一起到江里游泳。好多年过去了，爷爷虽然头发全白，但是精神矍铄，一点儿也不老，孙子的个儿愈来愈高，身材愈来愈强壮。游泳的锻炼有什么好处？许多邻居将这一对爷孙视为活教材。

这一对爷孙通常从江面宽阔的游泳场下水，大约畅游十来公里，到了下游的码头上岸，乘坐公共汽车回家。他们不配备救生圈，爷孙俩用一根长绳子将双方的一条腿系在一起。无论如何，两个人总不会在江里失散。

然而，有一天傍晚，这一对爷孙再也没有来。连夜组织的搜索没有结果。第二天下午，人们在下游的一条大船底下发现了两人的尸体。没有人知道发生了什么，可是，那一根长绳子仍然将他们捆在一起。这时，人们突然意识到这种设计如此不合理，甚至残酷。喊喊喳喳的议论是，老人可能体力不支，为什么不放年轻人一条生路？救生圈能花多少钱，为什么不各人买一个？人们甚至忘了，爷孙一起出门游泳已经好多年。当初孙子还是一个瘦弱的小孩，那一根长绳子是爷爷不放心孙子。舆论往往不分青红皂白。严谨的分析到来的时候，舆论早就扬长而去。

伤心的奶奶很快就搬走了。不久之后，那一对夫妇也搬离了社区。

8

父亲性格内向，而且高度近视，很少参加团体性竞赛运动。他喜欢游泳。独自俯身水流之中，肯定比置身于熙熙攘攘的人流轻松。

祖父从太祖父手里接下航运公司，水路运输生意兴隆。祖父的住宅距离闽江不远。父亲少年时代曾经在江滨的码头附近游泳。我见过一张父亲与几位叔叔泡在江里的黑白相片，不知是谁拍摄的。父亲的回忆之中，那时的江水远比现在清澈。父亲不愿意按照祖父的安排做一个安分守己的生意人，而是远赴上海读大学，并且在若干进步杂志的指引下参加革命组织，继而跟随中国人民解放军返回家乡。那时父亲大约二十出头。这个城市刚刚解放，父亲参加工会工作，负责组织码头工人。夏日的夜晚加班之后，他时常下到江里游泳。双掌划开水流的时候，偶尔会捞到小虾。父亲说，剥开虾壳，虾肉可以生吃，味道微甜。

当时的闽江还是一条繁忙的水道，舟楫往返。闽北山区砍伐的许多木材扎成木排漂浮下来，一大片汇集在码头旁边的江面，等待拆开运走。某一天晚上，父亲游泳的时候扎一个猛子潜到了木排底下。潜在水下游了一小段之后，父亲忽然意识到，他无法从纵横交织的木排底下浮到江面。可以从木排的缝隙看见水面和天空，天上还有月亮，可是，他不能探出头来。父亲往旁边游了一会，还在木排底下。潜在水底已经憋不了多久了，父亲有些惊慌。父亲想，他必须镇静，然后对准一个方向使劲游，终于脱险。

如果那天晚上父亲没有从木排底下浮出

来，今天我就不会在这里敲打键盘了。

9

父亲在我的寓所小住一阵的时候，我劝他有空到江滨散步。父亲拒绝了。他说，穿过马路才能到达江滨。马路上车流往返，他手脚不便，担心安全问题。我告诉父亲，出门走几步就有一条地下通道。地下通道从马路下面穿过，抵达马路对面的江滨。父亲仍然不愿意。我问为什么，父亲想了想说，地下通道通常没有人往返，他担心遇到打劫的。

我愕然良久。地下通道大约五六十米，通道出口的马路两侧，人行道上行人不断。怎么可能发生这种事？河清海晏，朗朗乾坤，我已经很久没有使用"打劫"这个词了。我对父亲说，地下通道的两个出口都安装了监控摄像头。父亲不知道什么是监控摄像头。他皱着眉头想了一阵，还是摇头。

我当然不能勉强。年轻的时候，父亲三天两头泡在江里游泳，中流击水，恣意浮沉。可是，现在他已经衰老到没有胆量穿过五六十米的地下通道。江流依旧，可是，几十年的人生转眼就老了。

八、江月不随流水去

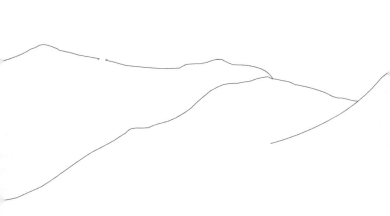

八、江月不随流水去

1

偶尔喜欢用毛笔题写"江月不随流水去，天风直送海涛来"，这句诗的作者是南宋的右丞相赵汝愚。赵汝愚系江西人，当过福州知府，声名很好，日后升任右丞相。当时朝廷有些变故，由于赵汝愚的斡旋而渡过危机。赵汝愚的功劳与官衔引起了一些妒恨，皇帝听信谗言撤了他的职务，赵汝愚暴死于谪贬的途中。这种事屡见不鲜，不说也罢。

不知为何，我总是觉得这一句是从一首绝句之中摘出来的，然而，赵汝愚写下的是一首律诗：

几年奔走厌尘埃，此日登临亦快哉。

江月不随流水去，天风直送海涛来。

故人契阔情何厚，禅客飘零事已灰。

堪叹世人只如此，危栏独倚更徘徊。

这首诗名为《同林择之姚宏甫游鼓山》。鼓山位于闽江的北侧。据说山上两块岩石状如石鼓，打雷之际亦如鼓声隆隆，故称石鼓名山。鼓山的顶峰可见闽江出海。赵汝愚与几位友人登山一游，夜宿山顶的寺庙。这是南宋的一个夜晚，更深人静，萤火闪烁。赵汝愚步出房门，倚栏独立。长风扑面，蚊虫稍歇，月下江流蜿蜒出海，波光粼粼。赵汝愚寂然凝神，遂有此联。

一则记载说，赵汝愚的原诗为"山月不随江水去，天风常送海涛来。""江月不随流水去"是后人改的。鼓山的摩崖石刻有朱熹题写的四个大字"天风海涛"，取自赵汝愚诗的后半句。他们是同时代的人，相互引为知己。不过，我觉得前半句"江月不随流水去"更有禅意。

2

"大江东去，浪淘尽，千古风流人物"，长江横贯中国大地，众多英雄豪杰出穿行于烟雨波涛之间。闽江流淌于东南一隅，仅仅接纳少许大人物；言及驾临的君王，首先要提到的是宋端宗赵昰。元军攻克临安，宋恭帝与谢太后相继被俘，南宋皇室的残存血脉赵昰、赵昺以及他们的母亲杨淑妃在几位近臣的护卫之下跌跌撞撞出逃，在温州稍作逗留，继而乘船从海路进入闽江口，汇合"宋末三杰"——张世杰、文天祥、陆秀夫——栖息于江边的濂浦村。这几位大臣不甘束手就擒，他们拥戴九岁的赵昰在福州登基，改年号为景炎，濂浦村的平山阁作为他的行宫。元军持续南下，鼓点一般的马蹄声再度逼近，闽江边的小渔村已经挽留不住他们。赵昰一行又一次仓皇乘船出逃，漂泊在海上。那一天海上的飓风袭来，赵昰竟然落水。尽管他很快被救，但是，对于一个稚气未脱的十岁孩童，如此惊吓是致命的。不久之后，赵昰一病不起，沉重的皇冠只能转到赵昺头上。他刚刚六岁。六岁的赵昺无法改写历史，他被历史铭记的原因仅仅是——这是南宋的最后一个皇帝。南宋的最后一幕是，宋军大败，陆秀夫背负赵昺崖山跳海，无数浮尸跟随海涛上下起伏。

一个王朝的沉没总是伴随种种伤心往事。明代一位出生于濂浦村的吏部尚书林瀚曾经赋诗感叹，诗中的最末两句是："王气消沉天地老，胡尘冥漠古今愁。伤心最是濂江水，环绕行宫日夜流。"濂江是闽江的支流，环绕于濂浦村外围，"行宫"一词即是指村里的平山阁吧。日后移居至濂浦村的林姓愈来愈多，现今已经改名为林浦村。赋诗感叹的林瀚肯定没有想到，相似的伤心往事居然在明末重演了一次。

3

一六四四年，李自成攻入北京，崇祯皇

帝自缢于景山，大明王朝终结。当然，一个王朝的解体并非一朝一夕的事情。若干大明王朝的碎片散落在各地，犹有余温，甚至短暂地死灰复燃，例如福王朱由崧和唐王朱聿键。崇祯皇帝去世之后，朱由崧南京称帝，改年号为弘光。然而，清军很快攻陷南京，弘光帝被俘。一六四五年朱聿键福州称帝，改年号为隆武，黄道周与郑芝龙等人辅佐左右。

朱聿键身世曲折，曾经因为擅自出兵勤王而被问责，继而关进大牢，朱由崧称帝之后赦免出狱，一路南下来到闽地。尽管郑芝龙拥戴朱聿键称帝，但是，军事力量显然由他自己掌控。郑芝龙无心正面抗拒清军。他长期浪迹于闽浙沿海充当海盗，奉行的秘诀是见风使舵与保存实力。海盗麾下的帝王无法实现复兴大业。郑芝龙很快抛下朱聿键秘密降清，试图将手里的资本换取一官半爵。朱聿键与郑芝龙分道扬镳，然而与郑芝龙的儿子郑成功成为始终不渝的知己。朱聿键的遗憾是，没有女儿可以招郑成功为驸马，他将自己的姓氏"朱"作为礼物赠给郑成功。郑成功又叫"朱成功"，人称"国姓爷"。朱聿键与郑成功在闽江上游的延平——即是现今的南平辖区——纵论天下大势，郑成功提出了著名的"延平条陈"。日后郑成功被敕封为"延平王"，这个地域成为他的属地。

然而，如同闽江下游之于赵昰一行，闽江上游的延平也没有给朱聿键带来好运。郑芝龙敞开了闽地门户，清军大举南下，朱聿键穿过武夷山脉逃往江西，至汀州被俘，一说为清军所杀，一说入狱绝食而亡。郑成功与父亲郑芝龙决裂之后沿江出海，成就了收复台湾的伟业。尽管如此，他念兹在兹的大明王朝如同滔滔江水一去不返。

4

近六百公里的闽江，不知两岸矗立多少座塔？当然，最为有名的是马尾的罗星塔。始于武夷山，终于出海口，罗星塔是沿江排列的最后一座塔。这一带海上航行，远远就能望得见罗星塔，海外的水手干脆称之为"中国塔"（China Tower）。据说世界各地寄往马尾的邮件，写上"中国塔"即可送达。

事实上，这座塔的声望比闽江高得多。

罗星塔原先建于江心的罗星山。罗星山是一座小岛，水流环绕如磨盘，俗称"磨心山"。罗星塔旧名"磨心塔"，始建于南宋。年深日久，水道淤积，小岛渐渐与陆地连为一体，步行可以来到罗星塔之下。相传罗星塔是名为柳七娘的女子所建，为谪戍死于闽地的丈夫祈求冥福。罗星塔原为木塔，毁于台风之后重建，现为八角石塔，高七层，三十余米，每一层的檐角悬挂铜风铃，在微风中"丁丁当当"地轻响。罗星塔似乎没有想象的那么高。海上航行真的能够看得到塔吗？我心里曾经有过小小的疑惑。也许，古时高层建筑稀少，一塔已经足以俯视天下。后来我见过一张罗星塔的老照片，拍摄于二十世纪之初。罗星塔高耸于山顶，衬着明亮的天空，的确十分醒目。罗星山下几幢西式的建筑，雪白的墙与长方形的落地窗。附近的半山腰一幢吊脚楼，似乎摇摇欲坠，十来根长长的木棍分别从几个方向撑住。现今的罗星塔四周是一个公园，石砌的地面与台阶洁净如洗。

我曾经登上罗星塔。塔内空无一物。空的概念具有崇高的威望。除了"空"，还有什么能够永恒呢？

罗星塔附近有几棵大榕树，树冠宽数十米，保存至今殊为不易。这儿台风频繁，大榕树枝繁叶茂而根系浮浅，时常被凶猛的台风掀翻在地。附近据说还有一棵红榕，是当年左宗棠来闽之时种下的，躯干苍老而树皮泛红。我上一回到罗星塔的时候，竟然未曾听说，尚未一睹真容。

5

大半个世纪之前，罗星塔下面有一所船政学堂。这一所船政学堂是与近代历史上一批响亮的名字联系在一起的，例如左宗棠、沈葆桢、严复。

一八六六年，左宗棠任闽浙总督，信奉"师夷长技以制夷"的观念，奏请清政府创办福建船政局，同时附设船政学堂，自己造船的同时造就本土的船长和造船工程师。左宗棠雄才大略，目光如炬，他的请求获得清廷的批准。然而，船政局与船政学堂筹办的中途，清政府调任左宗棠为陕甘总督，率领湘军平定西北。左宗棠向朝廷推荐沈葆桢接替他完成未竟之业，并且亲自到沈宅力邀沈葆桢出山。沈葆桢不负众望，作为船政大臣建成并且掌管船政局与船政学堂，聘任英国与法国的教师授课。船政学堂最初称为"求是堂艺局"，曾经位于福州市内的定光寺，一年之后迁往马尾新校址。定光寺内一座著名的白塔迄今犹在，学生时常在白塔下面温习功课，背诵外文单词。到了马尾船政学堂之后，他们仰面见到的是风中独立的罗星塔。

船政学堂培养出一批著名的人才，日后成为中国海军与造船业的骨干，譬如刘步蟾、邓世昌、萨镇冰、詹天佑、魏瀚等等。严复是首届考生的第一名，由沈葆桢亲自阅卷录取，日后留学英国格林威治皇家海军学院，回国之后曾经到天津北洋水师学堂任教，后来又担任了北京大学的首任校长。严复的功课始终名列前茅，但是，日后他的很大一部分名声来自《天演论》的翻译。至少在当时，一个启蒙思想家的意义超过了某一个行业的专业人才。严复绕了半个地球之后才返回故里，重见闽江的波涛。他晚年患哮喘病，久治不愈，病逝于福州一条巷子的一幢小楼。

文人相轻，天下英雄常常互相鄙视。然而，左宗棠与沈葆桢惺惺相惜，共同成就了一番事业。马尾有一幢左沈二公祠，"左沈共襄"这句话是对于两个人同心戮力的形容。船政局甚至研制出最早的一架水上飞机

"甲型一号"。飞机为双桴双翼，机身用的材料是榆木。马尾江面开阔，水面即是飞机起飞之前的跑道。尽管如此，现代工业并未像烈焰一般从这里开始燃烧。时至如今，马尾一带仍然寂寞而冷清。这一片土地睡眼惺忪地坐在江边一个半世纪了，只有那一座来自清代的造船厂传出若干机器的轰鸣。没有大型制造业，没有"硅谷"式的时髦高科技，也没有眼花缭乱的大超市或者如火如荼的房地产，当然，主要是没有多少人。

这是为什么？

6

一八八四年的马江海战，马尾遭受重创。一记重拳击中下颚，一个踉跄之后摔倒在地，久久无法起身站立。一个半世纪过去了，江水若无其事地流淌，但是，深入骨髓的暗疾潜伏于这一片土地的土层内里，以至于各种宏大的计划无不以流产告终。

海战就发生在罗星塔下面，交战的双方是中国与法国，炮火纷飞的时间不过半小时左右。可是，半小时改变了许多事情：个人命运顷刻颠覆，完整的家庭突然破碎，还有历史轨迹的巨大转折。我在《马江半小时》一书之中谈论过这一切。这不是一本让人开心的书，至少在这个地方。炮火纷飞的半小时，大清的福建水师几乎全军覆没，浑浊的江水流淌着一缕一缕的鲜血，阵亡的将士多达七百九十六人。漫江漂浮着破碎的船板和断樯折桅，江里打捞到四百多具遗体。可是，作为交战的对手，法国士兵的伤亡仅六十二人——这种对比怎么可能让人开心？

马江海战是一八八四年"北黎事件"的延续。中国与法国的外交官员还在上海谈判桌上讨价还价，法国军舰已经擅自闯入闽江，停泊于罗星塔下的江面。福建水师严阵以待，但是，清廷的指令是等待谈判结果，决不可率先动手，破坏谈判的气氛。这种不阴不阳的状况居然延续了四十多天，福建水师的官兵日复一日地松懈下来。然而，一个晴朗的下午，法国军舰突然开炮。片刻之间，福建水师土崩瓦解。

考察这一场战事，不得不提到福建水师"连舰"的停泊方式。十来艘军舰并排停泊，舰首的铁锚钉入江底。这或许显示了同声相应、生死与共的气势。但是，"连舰"的停泊方式存在致命的缺陷。首先，可能遭受攻击的目标过于集中，以至于对方一击立即得手；更为重要的是，"连舰"的停泊方式与江潮的涨落具有特殊的联系。涨潮的时候，福建水师军舰的舰首指向下游，与法国军舰遥遥相对，退潮的时候，福建水师军舰的舰尾面向法国军舰。舰尾的火力设置通常远逊于舰首。法国军舰选择的开炮时间恰恰是那一天的退潮时刻。这无疑是精心的设计。

这一支法国海军的司令叫孤拔。军舰停泊于罗星塔下四十多天，他时常踱到甲板上观风听潮，对于闽江的潮汐变化很快了然于心。孤拔制订的作战计划包含了潮汐时刻表。这立即让我联想到《三国演义》赤壁大战之中诸葛亮的"借东风"。诸葛亮的神机妙算流传千古，然而，侵略者的智商亦非漫画描绘的那么不堪。这种情节令人切齿，也令人拊掌长叹。

事实上，福建水师的一批下层军官已经意识到这种停泊方式的危险。法国军舰开炮的前一个晚上，一些管带聚集起来向当时的船政大臣张佩纶陈述利害。张佩纶不为所动。张佩纶是清廷的"清流派"，言辞犀利，估计他刻薄地将这一帮忧心忡忡的家伙讥讽了一番。相形之下，孤拔显然比张佩纶更适合带兵征战。

一个半世纪之前的各种故事传说散落在

芜杂的地方志或者历史著作之中。所有的资料无不表明，这一段江流底下存在一个巨大的历史创口。滔滔江水淌过这个路段的时候，仍然会察觉创口疤痕下面的炎症和隐痛。也许，这一段江流的表面波涛摇晃，甚至有一个巨大的凹陷。

7

临近出海口，闽江两岸许多古炮台。一些炮台造价不菲，泥土之中调入糯米充当炮台掩体的建筑材料。这是当时的水泥，炮台不至于因为一发炮弹的打击就土崩瓦解。如今，这些炮台不再是军事重地。它们寂寞地蹲在江边，偶尔有几个无聊的游人上去逛一逛。阳光之下，炮台周边的树木摇曳多姿，仿佛殷勤地招徕什么；躬身进入炮台掩体内部，潮气之中飘拂着几丝臭味。江风从枪眼吹进来，不时发出呜呜的声音。

炮台上稀稀落落地摆几门炮。带轮子的小炮炮口仰起，黑漆刷得锃亮，看起来犹如孩童的玩具。另一些土炮搁在地面，锈迹斑斑。我猜这倒是一些真家伙，尽管不明白如何操作射击。

这些炮台犹如偌大一条闽江的一道又一道门闩。兵荒马乱，乒乒乓乓地把大门闩上，谁也别想进来。可是，这种设想落空了。那些法国军舰大摇大摆地闯进来，如入无人之境。

8

罗星塔脚下那一座来自清代的造船厂称为马尾造船厂。这座造船厂现今可以建造万吨货轮。船坞上一艘轮船即将完工，周围几座高耸的吊车已经闲下来了。休息时刻，车间里几个戴安全帽、穿着油污工装的小伙子围成一圈大呼小叫地打扑克。多少人还记得这一座造船厂一百五十多年的历史？马尾造船厂始建于一八六六年，当年的闽浙总督左宗棠选定的厂址。

左宗棠赴西北之后，沈葆桢接手筹建造船厂。法国人日意格与左宗棠私交甚笃，被左宗棠和沈葆桢聘为船政的正监督。根据日意格的记载，田野之中唯一的一座小屋子成为锻造车间，屋里两座铁炉开始生火，继而用中国的铁锤子打出了第一根铁钉。马尾造船厂很快成为远东第一船厂，生产出中国的第一台船用的蒸汽机，第一艘铁甲军舰发动机。

一八八四年马江海战之后，造船厂开始衰败。一百多年的时间，造船厂几起几落，但是，远东第一船厂的声誉已经一去不复返。由于缺乏疏浚，马尾港逐渐淤塞，造船工业陆续转移到上海与大连。如今还可以在造船厂见到一幢法国式的红砖楼房。这是当年的轮机车间。红砖楼房的墙体厚一米，墙上一排敞亮的落地窗。车间内实心钢柱支撑房架，房顶是交叉的钢架和吊车运行的轨道。三千多平方米的车间空荡荡的，落地窗下摆放几台黝黑的老机床。这儿不再是生产的场所，而是作为古老的历史遗迹保存在厂区。车间门口两尊青石狮子，是从当年的船政局门口移过来的。

造船厂四处堆放着钢材，载重卡车进进出出；几个工人蹲在地上，电焊的弧光不时从人群的缝隙闪出；旁边的车间里传出机器的轰鸣。红砖楼房矗立在那儿，倔强而突兀，仿佛一段不肯退场的历史。一八六七年的时候，这一幢红砖楼房矗立于江流旁边的田野，与周边的一切格格不入；现在仍然是另一种格格不入，这一幢红砖楼房无法镶嵌在以钢铁为中心的工业化图景之中。设计这个车间的法国工程师决不会想到，车间曾经遭受的最大威胁是法国军舰的炮弹。

阳光灼亮，一切都在变。只有江流依旧，红砖楼房依旧。可是，这一幢楼房脱离了历史的故事逻辑而孤伶伶地站在那里，犹如一枚孵不出鸡崽的鸡蛋尴尬地存在。

九、溯源而上

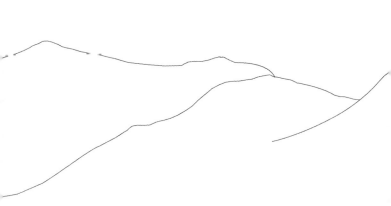

九、溯源而上

1

祖父是福州的一个中等资本家，几家小工厂，一个轮船公司，大约如此。我对于他曾经拥有的财产一无所知。少年时代，祖父的资本家身份给我带来无尽的烦恼。每一次表格填写都是耻辱烙印的展示。父亲也不清楚祖父的财产。他对于这一份家业嗤之以鼻，也不愿意腾出若干记忆的空间存放家族往事。十八岁的时候，父亲离家到宁波担任中学教师，一年之后考取大学。录取父亲的是两所大学：一所是海南大学的化学系，一所是上海大夏大学的教育系——当时的理科与文科似乎不存在森严的壁垒。父亲自作主张地选择了后者，估计祖父无法参与意见。

那是一九四七年的事情，当时上海的校园里左翼气氛正在急剧上升。接触到若干进步杂志和一些充满激情的演讲，父亲的思想愈来愈左倾，终于在一九四九年参加了中国人民解放军华东随军服务团，简称"南下服务团"。南下服务团的工作即是配合中国人民解放军挺进福建，参加地方工作。

南下服务团近三千人，一九四九年七月乘坐火车离开上海南下。火车刚刚到达上海的古镇莘庄，立即遭到国民党飞机的轰炸，死伤多人。此后他们或者乘车，或者步行，取道浙江、江西，翻越武夷山进入闽地，行走了一个多月的时间。父亲清晰地记得翻越武夷山的分水岭：分水岭的草木一边倒向了江西，另一边倒向了福建。风尘仆仆地从武夷山下来，他们的行军路线终于与闽江的流向一致。到了南平，他们分批乘船沿江而下抵达福州。南下服务团成员来自四面八方。父亲属于返回原籍，即将面对的地域既熟悉又陌生。二十世纪五十年代初期，父亲在工会任职。他的一部分工作即是与祖父这种资本家谈判，为工人争取利益。我曾经设身处地地想象：南平码头登船的时候，父亲是否产生过一些小小的感慨：滔滔闽江依然如故，然而，他已经是一个革命新人。

事实上，父亲从未和我交流过这些感慨。革命新人的激昂没有维持太久。祖父赐予他的耻辱烙印远比我深刻，以至于大半辈子磕磕绊绊。这或许也是他沉默寡言的原因之一。我很迟才从父亲嘴里听到南下服务团的只言片语。回忆这些事情的时候，父亲已经老了，没有多少伴随这些回忆的情绪波动，譬如豪迈、骄傲、不平、追悔，如此等等。临江而居，最为常见的感想就是逝水长流，淘尽千古英雄。古今多少事，尽付笑谈中。

2

父亲还记得太祖父运营的轮船公司。作为长孙，太祖父对父亲宠爱有加。他时常坐上太祖父的黄包车，跟随到轮船公司上班。太祖父去世之后，轮船公司传给了祖父。据说这个城市的张姓均是来自闽江下游大樟溪的月洲村。太祖父也是从月洲村出来的吗？什么时候创办的轮船公司？父亲一概不得而知。

父亲和几位叔叔、姑姑仅仅记得，张家在江岸附近的山上有一座祖坟，太祖父埋在里面。祖父已经遵从火葬，所以，这一座祖坟的主人就到太祖父为止。我的少年时代，曾经跟随父亲以及几位叔叔和姑姑祭扫过这一座祖坟。我记得众人攀到了半山上，挥锄劈开了茂密的茅草和小树，祖坟显露了出来。我还记得墓碑上的字体是隶书，既厚重又飘逸。当时我刚刚开始练字，即是从一本隶书字帖入门。我拖走堆在祖坟旁边的茅草和小树直起身喘一口气，一抬眼看见山下江流如练。

　　此后，家族之中大约不再有人上山祭扫。如今，谁也说不清祖坟的位置。父亲和叔叔、姑姑俱已老迈，他们的记忆锈迹斑斑。所有的人都只记得，祖坟就在江边的某一座山上。

3

闽江之上也有一座金山寺，位于乌龙江中的一块岩石上。许多地方都能遇到金山寺，不知为什么这个寺名如此流行。闽江的金山寺历史不短，据考始建于宋代。这一块岩石距离江岸数十米，四周水流湍急，让人想到了镇江的金山——故而称为"小金山"。岩石上先是建起一座石塔。人们数过了，石塔由一百八十五块白梨石砌成，实心的，大约高十米。寺庙的殿堂围绕石塔修建起来。塔前妈祖厅，塔后大慈楼，左右各一斗室。寺庙小巧玲珑。夜晚沿江岸驾车路过，可见江流之中灯光装点的寺庙轮廓，犹如浮在江面的一盏灯笼。

从江岸进金山寺需要摆渡。寺庙里牵出一条长长的缆绳拴到江岸上，艄公双手拉住缆绳牵引渡船来来回回。我到过金山寺几次。第一次大约距今五十年左右了吧，似乎就是跟随父亲和几个叔叔、姑姑到江边的山上祭扫祖坟，下山之后路过金山寺。一个十来岁的少年对于孤悬于江流之中的寺庙十分惊奇。那一天遇到了退潮，我们一行下了江岸，穿过宽阔的沙滩，沙滩与寺庙之间仅剩一道两三米宽的浅浅水流。我的小叔叔发现寺庙的墙根有一块长木条，恰好可以在水流上搭一个简易小桥。他在沙滩上后退几步，助跑之后一跃而起跳到水流对面。小叔叔跳跃的距离还是短了一些。落下的时候，一个脚后跟踩到了沙滩的水洼，一注污水嗤地从鞋子下面喷了出来。

我的小叔叔很快就下乡插队，在山区待了十来年才返回城市，似乎在一个小工厂当工人，很迟才娶妻生子。孩子刚刚几岁，他的脑子里长了一个肿瘤，视神经受到压迫，眼前愈来愈模糊；继而肿瘤开始全面扰乱脑神经，他的意识逐渐陷入混沌。肿瘤的位置很不好，无法手术治疗。小叔叔在混沌之中拖延了几年，终于离世。我和小叔叔没有多少交往。他几乎只给我留下一个生动的形象——一注污水从鞋子的脚后跟下面嗤地喷出来。

4

书橱里摆放了一张母亲的遗像。母亲已经去世多年，她生前从未想到我的寓所可能搬到江滨。母亲的大半辈子辗转于市区的几幢破旧的瓦房。母亲和这条江有过哪些联系？我一时想不起多少事情。

外婆很年轻的时候就开始守寡，母亲是遗腹子。母亲出生之后，外婆没有再嫁，母女相依为命一辈子。她们几乎没有离开过这个城市。唯一的例外大约是二十世纪四十年代初期。那时日本人入侵，占领了福州，外婆带上母亲外出逃难。她们落脚于闽北的一个山城。母亲那时还是一个身材瘦小的少女。她多次说过，刚刚在那个山城的一个大院里住下，邻居的一只大狗忽地站起来，两只前爪搭在她肩上，吓得她魂不附体。不知她们如何抵达那个山城？孤儿寡母，大约只能乘船溯江而上。我想象的镜头是，外婆身着一件长棉袍，一手牵住母亲，一手提一个藤箱下了码头，登上了一艘嘈杂的渡轮。渡轮上逃难的人群脸色木然，没有人知道什么时候才能回返。我小时候见过外婆的那个藤箱，藤箱角上的藤条已经绽开了，里面是一层黝黑的薄薄木板。那是外婆贮存个人财产的唯一箱子。

母亲是在这条江边认识了父亲。她从师范学校毕业，进入工会工作。母亲见到简陋的办公桌后面坐着一个戴眼镜的年轻人，头发蓬乱，胡子拉碴，穿一件洗得发白的中山装。父亲那一阵子有些失意，不修边幅，各种不切实际的梦想正在逐渐远去。他们慢慢熟悉起来了。我猜，母亲肯定做出了明白的示意。否则，拘谨的父亲大约不敢与活泼的母亲靠得太近。某一天下午，双目交汇，心领神会，一条大江从附近流过。

这是大半个世纪之前发生在江边的一件事。

5

大半个世纪之前的闽江是什么模样？我意外地从电影之中看到了。我在互联网上搜索到二十世纪五十年代的老电影《地下航线》。这是一部黑白影片。影片叙述的是，二十世纪四十年代末期一批游击队利用闽江的航船运送武器，与盘查的国民党军队斗智斗勇。影片之中的闽江水流湍急，似乎比现今的江面狭窄一些，岸边不时出现一些嶙峋的尖利岩石。这一段江面大约是闽江上游，游击队要将藏在甲板底下的枪支送到北部的山区去。

《地下航线》有三位编剧，一位编剧是父亲的朋友。父亲说，当年他们是同一个办公室的年轻干事，相对而坐，时常在桌子底下交换小说。他们的工作是组织工人与资本家抗争，粗犷的言行与革命气氛更为协调，阅读小说仿佛带有小资产阶级情调，不宜公开声张。父亲的朋友显然更为迅速地领悟文学的奥秘。他很快写出了电影剧本，并且迅速晋升了职务，父亲与他渐行渐远是很自然的事情。

七十年代初期，父亲与这个朋友在空寂的马路上相遇。当时的多数机构已经瘫痪，他们共同赋闲在家。朋友邀请父亲到家里玩，父亲带上了我。父亲对我说起了这个朋友的文学业绩，口气之中充满了羡慕甚至嫉妒。父亲说，他也想写电影剧本。电影剧本文字简练，他的古文修养或许有帮助。我不知道父亲是否私下尝试过。"坐对真成被花恼，出门一笑大江横"，父亲的内心有一些不安之气，这一条江是否在他的内心贮存了一些不同凡响的激动？尽管如此，我觉得父亲的文学天分不足。他性格内向，为人拘谨，没有胆量想象天马行空的故事情节。父亲在这个朋友家里下围棋，我坐在一旁观战。我的记忆之中，他们的围棋水平相当有限。他们俩人俯身棋盘一丝不苟地摆棋，棋局结束之后客套地交谈几句，没有一句话提到文学和电影。

昨天偶尔想到，可以到互联网上找一找《地下航线》，果然如愿以偿。每天从窗口看到这条江，已经习以为常。突然在一部老电影的黑白镜头之间与大半个世纪之前的闽江重逢，异样之感挥之不去。

6

突然意识到，我迟迟没有提到闽江的源头。好吧，现在还来得及。

说到长江的时候，称为"世界屋脊"的青藏高原或者险峻的三峡都是可以讨论三天三夜的题目。相形之下，闽江的家世没有太多可以表彰的故事，知根知底如同一个面目慈祥的老邻居。当然，闽江源头必须从武夷山说起。

"天倾西北，地陷东南"，武夷山脉是这一片土地的制高点。我曾经开玩笑地说，站在武夷山主峰抛出的一块石头会骨碌碌地滚进东海。事实上，这句话不如改为——武夷山泼出的一瓢水终将奔涌入海，例如闽江。

所有的闽江源头，无不指向武夷山。

沿闽江溯流而上至南平，分歧出现了。闽江上游一分为三，称谓共同下调为"溪"：建溪、富屯溪与沙溪。地图上可以清晰看到，三大支流各行其是，如同三道闪电沿着不同的方向掠过天空。道不同不相为谋，三大支流各自拥有自己的秘密起源。然而，起源是一个神圣的名义，哲学家称为起源神话。每一个支流都企图垄断闽江源的这个概念。多么伟大的象征——窥见一条江的源头犹如洞悉一个家族的传家秘诀。源头，历史，传统，血管里流淌的是哪一个姓氏的血脉……于是，人们背起行囊，翻山越岭溯源而上，竭尽全力找到一个初始的泉眼，立下石碑，刻上文字，不仅是颁发一个证明，而且制造所有故事构思的起点。

可是，另一些人觉得，似乎没有必要这么严肃。李白大大咧咧地说：黄河之水天上来——他似乎不怎么把起源当一回事。民间的种种夸张更是醉醺醺的，一首民歌居然唱道：黄河的源头是在一个牧羊汉子的酒壶里。写小说的也不见得严谨。美国那一位福克纳任性地认为，密西西比河发源于某一个酒店的大堂。也许他们是对的。王侯将相，宁有种乎？——何况于水。起源并不能决定未来，一滴水发展为一条江并不是因为特殊的起源。江河浩大而不干涸，沿途水系的加盟成就了滔滔洪流。五湖四海，不问出身，这是另一种故事。

7

之所以首先提到沙溪，是因为这一条支流与我的母亲密切相关。

当年外婆携带母亲出门逃难的时候，她们落脚的闽中小山城称为永安。外婆与母亲乘船逃到南平登岸，然后向左一拐又行进了百来公里，永安即坐落在沙溪旁边，相距福州接近三百公里了。她们在永安没有任何亲友，而是跟随下船的人流到了那儿——四十年代抗战期间，永安成为福建的"陪都"，省政府迁到了这个小山城。那时母亲十岁左右，不清楚她与外婆在永安居住了多长时间。七十年代初期，四十岁左右的母亲偕同父亲沿着这条路线再度出发，途经永安之后继续依傍沙溪上行近两百公里，最终抵达建宁县的一个乡村。母亲和父亲的正式称谓是"下放干部"，兼有参加农业生产与自我改造双重意义。长途汽车行驶在山区公路，母亲和父亲肯定没有意识到沙溪的存在。由于缺乏山区乘车经验，母亲严重晕车，路途的大部分时间忙于呕吐。

按照母亲和父亲的设想，他们先行一步

试探，半年之后举家移居乡村。两个意外打乱了预定的计划。首先，乡村的偏远程度远远超出了他们的意料。父亲说，点一根烟已经可以在村子里走两个来回。他们没有勇气率领全家在这里定居——至少，三个子女的读书是一个无法解决的问题。其次，父亲的眼疾突然发作。由于高度近视导致眼底出血，父亲的左眼很快丧失视力，不得不返回城市治疗与修养。春节休假之后，只有母亲独自远赴乡村。

母亲和父亲抵达乡村的时候，村子里为他们的住宿安排了一幢独立的木板楼。木板楼远离村庄主体，孤伶伶地矗立于一片空地。楼房共三层，大小房间二十一个。母亲和父亲事后得知，村子里的农民传说这一幢木板楼闹鬼，无人愿意入住。父亲逗留城市养病，母亲一个人面对二十一个空荡荡的房间发愣。夜深人静，山风吹得四处乱响，母亲仔细拴好卧室的房门和窗户，要么在灯下做一些针线活，要么给家人写信打发时间，事无巨细地絮叨乡村的见闻。只要有机会回家，母亲拎上一个小包就出门。这时，晕车与翻江倒海的呕吐已经不足挂齿。

母亲和父亲"下放"这个村子五年。他们持续往返于这条路线，可是，我从未听到他们提起路边的闽江和沙溪。他们满脸倦容，身心俱疲，对于山光水色视而不见。

8

我有机会沿着沙溪旁边的公路溯流而上

的时候，母亲已经去世多年。不过，那一次我也没有闲心对于阳光下的溪流表示足够的兴趣。这条公路正在大规模翻修，钩机、吊车、压路机的轰鸣此起彼伏，众多水泥管道堆放在路边，几个戴藤帽的工人挥舞小旗指挥车辆的行止。乘坐的汽车时常出其不意地剧烈颠簸，脑袋嘭地一下撞到了车顶。这是一趟即兴的行程。之所以突然从另一个地方拐过来，心里存在一个秘密的念头——去看一看母亲和父亲当年居住的那一幢木板楼。

我只走到建宁县城为止。到了县城四处询问，没有人说得清母亲和父亲当年下放的乡村在哪里。我只知道他们是某某公社某某大队，可是，数十年之后，公社和大队之称早已废弃。那一带不知合并到哪一个村镇。

我猜想，那一幢木板楼大约也不存在了。我在县城的路边站了一会，心中茫然惆怅。一条小河从县城的街道旁边安静地流过，水面几乎看不见波纹。那时我并没有意识到这是沙溪的末梢。

多年之后再度抵达建宁县，我去了金铙山。这儿已经进入闽江源区域。所有人的想象中，闽江源是一注获得专家认证的小小水流。四周众多山脉负责保管，小心翼翼地捧在手心，撑起宽阔的肩膀遮挡各种不明的骚扰，避免出现安全问题，尽职地充当合格的保护神。金铙山原名大历山。据说闽越王无诸进山狩猎的时候遗失金铙一面，故而更名。金铙山顶峰高一千八百五十八米，略逊于武夷山主峰黄岗山。

金铙山顶峰是一块光秃秃的巨大岩石。遥遥望去，拦腰一圈悬空的木栈道如同硕大肚皮上一条松松的腰带。一群同行的伙伴三三两两地信口打趣闲聊，沿着弯曲的山间小径，不知不觉地来到栈道的入口处。栈道的不足两米宽，路面底下斜斜的支撑架构成一个又一个三角形，一拐弯仿佛消失在透明的空中。我患有轻度恐高症，看到楼顶俯拍的电影镜头即会产生心虚腿软的不适症状。必须穿过如此漫长又如此虚幻的路线吗？众目睽睽之下，我已经无从退却。咬了咬牙一脚踏入栈道，祈求栈道底下的支撑架不要突然断裂，另外，千万不能地震，恐怖的地动山摇。闷头疾走之际，向上仰视斧劈一般的绝壁或者向下俯瞰云雾缭绕的深渊，心中都会遏制不住逃回去的冲动。支持我闷头疾走的信念是，下山的时候可以从另一条小径绕下去。我对于那些悠然在栈道上摆出各种姿势拍照的人充满怨恨，不知道他们或者她们的脸上为什么会带上一副乐呵呵的表情。上山之前听说，登上金铙山顶峰可以遥望闽江上游的大金湖；跌跌撞撞地下山之后坐下来长长吁一口气，几乎记不起曾经看到什么。

9

闽江的另一个支流为富屯溪。按照地图所示，富屯溪曲折蛇行，最后一段拐向武夷山的主峰黄岗山。黄岗山的高度两千一百多米，被形容为东南一带的屋脊，山势陡峭，老树蔽日。我迄今尚未涉足，据说山顶长满黄花菜，秋天金黄一片，故名黄岗山。进入深山峡谷搜寻江河的源头，往往目迷五色，见了山而忘了水。一缕涓涓细流如同一个稚童，远不如宏伟的高山峻岭壮观。

武夷山碧水丹山，神女峰、大王峰岩石嶙峋，峭壁高耸，山峰下一条蜿蜒的九曲溪，溪水清浅，竹筏上的艄公左一竹篙，右一竹篙，溪水下面众多大大小小的鹅卵石制造出哗哗的水声。九曲溪旁的观音岩上可见悬棺。数十米高的绝壁之上一个岩洞，一些棺木藏匿洞内，几根错杂的棺木伸出了洞口。碳素的测定表明，这些棺木距今已经三千多年。悬棺习俗的成因众说纷纭，数百斤甚至上千斤的棺木如何置于岩洞引来许多猜测。一种说法是从悬崖顶上吊下去的，一种说法是凿开悬崖架设栈道。远古的年代缺乏必要的机械设备，如此大费周折目的何在？这些问题一直没有合理的解释。还有一种说法是，当时的水位与岩洞的高度差不多，棺木是从水上运入岩洞。

水利专家对于此说不以为然。如果三千多年前的水位这么高，那么，下游的福州将是一片泽国。然而，考古证明，五千多年前的新石器时期，福州一带已经有人定居。我对于各种传说与猜测兴趣盎然。这些叙述之中，一条波涛浩淼的大江蜿蜒而来，从郁郁葱葱的武夷山奔向汹涌起伏的东海，水汽如雾，激流如梭。

10

按照百度地图，我的寓所到闽江出海口四五十公里左右。如此算来，寓所窗口上溯的闽江还有五百多公里。可是，我的叙述为什么多半聚集于闽江下游，对于漫长的上游说不出多少事情？我逐渐意识到，这一条大江的首尾重量正在悄悄地变化，如同跷跷板正在朝另一个方向倾斜。萦绕武夷山脉的各种神话、传说开始黯然失色，闽江口汹涌的海潮持续送来一大堆性质迥异的消息。

明代以后，这一片土地愈来愈多地察觉大海的深沉摇撼。郑和开始带领一个庞大的船队进入海洋深处，尽管没有人清楚这个精力旺盛的太监身负何种秘密使命。郑和率领的庞大船队一次又一次停泊在闽江口等待季风，最大的船只长达一百多米。如果等待的时间够长，郑和会下船逛一逛闽江口附近的村庄，顺便招募一些水手。明末的郑成功也频繁驻扎在闽江口以及东南沿海，从事反清复明活动，继而驱走荷兰人收复台湾。十九世纪八十年代马江海战的炮声毋宁是严厉的警告：海上炮舰的威胁远远超过了北方大地鼓点般的马蹄声。二十世纪四十年代，手持三八大盖步枪的日军士兵也是从海面进入闽江，扑向福州。总之，海洋对于这条江的拖拽愈来愈明显。

宋代以前并非如此。那时，人们的目光遥遥回望中原。魏晋时期开始，一批又一批的中原望族纷纷南下，武夷山脉形成的山区是他们的重要落脚点。中原大地烽火连天，刀光剑影，大大小小的君王无不杀出一条血路，赶到那儿去登基。一些缺乏政治雄心同时又有若干浮财的大家族不愿意持续担惊受怕，他们宁可悄然南迁，寻找一个可以过几天太平日子的地方。这一带经济富庶，人才荟萃，文化繁荣。一代词宗柳永与理学大师朱熹都在武夷山生活过。武夷山的茶叶闻名遐迩，这些茶叶打包之后装上泊在码头的船只，沿着闽江运送到下游的四面八方。宋元时期这一带山区大量刊刻书籍的作坊，印行许多古典名著。这一带山区的陶瓷名声在外。"建窑"始于唐代，盛于两宋，迄今"建盏"仍是名贵器物。我曾经乘坐竹排游历武夷山脉的一条峡谷，几公里的溪水底下铺满了斑斓的碎瓷片，如同一个未曾褪色的旧梦。总之，武夷山一带承接了北方的文化与生产方式，同时又成为再传播的枢纽。闽江水道恰恰作为传播网络的组成部分。尽管如此，那时的人们仍然觉得，他们的根系与血脉来自北方的中原大地。大海又算什么？风高浪涌，一片汪洋，谁知道龙宫怎么走。闽江行色匆匆地奔赴大海，从未带回什么。

转向海洋是一个重大历史事件。北望中原的时候，东南沿海是后排观众。转向海洋之后，后排突然成为前排，继而成为台上的演员。江流滔滔，亘古如斯，然而，伟大的历史不知不觉地修改了闽江上游与下游的对比度，并且按照新的指标重新设置我的叙述比例。